影目付仕置帳

われら亡者に候

鳥羽　亮

幻冬舎時代小説文庫

影目付仕置帳　われら亡者に候

目次

文化三年（一八〇六）三月（旧暦）四日――。

昼四ツ（午前十時）ごろ。この日の江戸市中は、坤《ひつじさる》（西南）の烈風が、吹き荒れていた。風は家並の軒下を悲鳴のような音をたてて吹き抜け、樹木を揺らし、舞い上がった砂塵が空をおおい陽を黄ばんで見せるほどであった。

芝車町より出火。……火は強風にあおられ、またたく間に燃えひろがった。火は飛ぶがごとき勢いで西から東へと延焼し、芝の薩摩藩下屋敷、増上寺五重塔を焼き、数寄屋橋御門内外、京橋、日本橋、神田、浅草等は焦土と化した。

丙寅《ひのえとら》の大火である。

この大火の被害とその後について、江戸の風俗の変遷、巷談異聞等を年表体に編纂した『武江年表』には次のように記されている。

「――翌日五日の昼四時に至りて漸《ようや》く鎮まれり、此の時、大雨降る。類焼凡《およ》そ長さ弐里半幅平均七町半、諸侯藩邸八十三宇、寺院六十六箇寺、名ある神社二十余箇所、町数五百三十余町と聞こゆ。又焼死溺死千二百余人といへり。類火にあひし賤民、御救の小屋十五箇所を建て、ここに憩はしめ食物を給はる。この余の貧民へも米銭を給はる」

第一章　献残屋

1

文化四年（一八〇七）、四月の初旬。

さわやかな薫風が吹いていた。庭の隅の藤棚から垂れた淡い紫の花叢《はなむら》から、あまい匂いがただよってくる。

岩井《いわい》勘四郎《かんしろう》は、中庭に面した廊下の日溜まりでくつろいでいた。萌黄《もえぎ》地に霰小紋《あられこもん》の小袖を着流し、素足という格好で胡座《あぐら》をかいている。

岩井は三十八歳、七百石の旗本の当主だが、役職はない。小普請組である。面長、高い鼻梁、切れ長の目。能吏らしい顔だが、日溜まりで目を細めている表情には人のよさそうな茫洋《ぼうよう》とした雰囲気があった。

戛《かつ》、戛《かつ》、と甲高《かんだか》い音が聞こえてきた。

庭の隅の方で、木刀を打ち合っているらしい。蒼穹《そうきゅう》に吸い込まれるように乾いた音がひびいている。

「佳之助《けいのすけ》が稽古を始めたようだな」

岩井は背後の座敷に控えている妻の登勢《とせ》に声をかけた。

佳之助は八歳になる岩井の嫡男である。岩井には、たまえという六つになる娘もいたが、奥女中といっしょに居間にでもいるらしく、ここには姿を見せなかった。

「はい、相手は孫八郎《まごはちろう》のようでございます」

登勢は座したまま小声でいった。

二十八になる登勢は、色白でほっそりしている。いつも物静かで、控え目だった。

青木孫八郎は、岩井家に長く仕える初老の用人である。半月ほど前、岩井が佳之助に剣の手解きをしてから後、佳之助はときどき孫八郎に相手をせがんで庭で稽古をするようになった。さわやかな陽気に誘われて、また孫八郎を引っ張り出したのであろう。

「どれ、様子を見てくるか」

岩井が立ち上がった。

「殿さま、ご無理をなさいませぬよう」

登勢がいった。口元に微笑が浮いている。登勢は、三日前、めずらしく岩井が庭で木刀を振り、節々が痛くてかなわん、と愚痴をいったことを覚えていたようだ。

「なに、佳之助の手解きをしてやるだけだ。わしの稽古ではない」

そういい置くと、岩井は縁先から庭に下りた。

近付いてくる岩井の姿を目にとめた佳之助が、木刀を下ろし、父上、と声を上げて駆け寄って来た。火照《ほて》った顔が熟柿《じゅくし》のように赤く染まり、額に汗が浮いている。歳のわりには長身だが、ひょろりとして手足が棒のように細い。それでも格好だけは一人前で、すこし短い二尺ほどの木刀をひっ提げ、袴《はかま》の股《もも》だちを取り細紐で両袖を絞っている。

「父上、素振りの手直しをしていただきとうございます」

佳之助は、目をかがやかせていった。

このところ稽古はおろそかにしていたが、岩井は中西派一刀流の手練《てだれ》だった。子供のころから屋敷ちかくにあった道場に通い、父の死後岩井家を継ぐまで剣の修行に出精していたのである。

「どれ、振ってみろ」

岩井がそういうと、佳之助はすぐに、エイ、エイ、と声を上げながら振り出した。

膂力《りょりょく》がないうえに、木刀を振り下ろしたときに手の内を絞らないため右手に余分な力が入り、腰が浮き、太刀筋も定まらない。よたよたと、まるで木刀に遊ばれているようである。

だが、無理もない。まだ、木刀を手にして半月ほどしか経っていないのだ。

「佳之助、右手が勝っておる。左手で振るようにせよ」

「はい」

佳之助はいわれたとおり、左手に力を込めて振りだしたが、木刀がとまらず、踏みだした爪先に木刀の先端が当たりそうになる。

「それに、顎《あご》を引け」

「は、はい」

佳之助は歯を食いしばって振りつづける。

すると、さっきまで相手していた青木が岩井のそばに来て、

「殿、やはり血筋でございましょうか。佳之助さまの素振り、なかなかでございます。それに、飲み込みがお早い」

と、お愛想をいった。

青木は五十半ば、鬢《びん》に白いものが目立つ。丸顔で目が細く地蔵のような顔をしていた。その顔に、ほっとしたような表情がある。佳之助の相手から逃れられたせいであろう。青木も袴の股だちを取り襷《たすき》がけという勇ましい扮装《いでたち》だが、佳之助の稽古相手に辟易《へきえき》していたようだ。

「うむ……」

歯の浮くような世辞だが、悪い気はしなかった。それに、佳之助にやる気があり、懸命に取り組んでいることだけは確かである。いまは、それだけでじゅうぶんであった。

「佳之助、今日はこれまでにいたせ」

小半刻（三十分）ほどしたところで、岩井がいった。

佳之助の顔が苦痛にゆがんでいた。掌《て》の肉刺《まめ》がつぶれたらしい。その掌をかばおうとして肩に力が入り、さっきより姿勢がくずれている。

佳之助はすぐに木刀をおろし、差しだすようにして肉刺のつぶれた掌を岩井に見せた。泣きだしそうな顔をしてる。

「井戸の水でな、冷やすとよいぞ。……そのうち竹刀だこができる。掌の皮が厚くなって、いくら振っても痛まなくなるのだ」

「はい」

佳之助の顔が晴れた。岩井にやさしい言葉をかけられて、痛みもやわらいだらしい。

岩井は、佳之助と青木が母屋の裏手の井戸の方へ行くのを見送ってから縁先へもどった。

座敷で待っていた登勢は父と子の様子を見ていたらしく、岩井が縁先に腰を下ろすと、

「喉を、お湿しなさいませ」

そういって、茶を膝先《ひざさき》に運んできた。

庭に出ている間に女中に用意させたらしく、かすかに湯気がたっている。

2

その夜、子ノ刻（午前零時）ごろ、奥の寝間で眠っていた岩井は、夜気の動く気配に目を覚ました。廊下を歩くかすかな足音がする。何者かが寝間に近付いてくるようだ。

岩井は闇のなかに目をひらいた。障子に映じたほのかな月明りのなかに、岩井の双眸《そうぼう》がうすくひかっている。

岩井は身動きしなかった。闇に目をひらいたまま、近付いてくる者の足音と気配を感じ取っていた。

……弥之助《やのすけ》か。

聞き覚えのある足音だった。

黒鍬《くろくわ》の弥之助と呼ばれる男である。元黒鍬衆で、いまは岩井の配下だった。

岩井は落ち度があって無役になる前は、御目付だった。御目付は主に旗本を監察糾弾する役だが、職域はひろく、配下には御家人を監察する徒目付《かちめつけ》や小人目付をはじめ御掃除頭から黒鍬頭、御台所番までいる。

山岸《やまぎし》弥之助は人並はずれて足が速く、動作も敏捷だった。それに、尾行や屋敷内の侵入も巧みで、隠密にはもってこいの男だった。そのため、岩井が御目付だったころは、旗本の不正や勤怠などを探るため黒鍬頭をとおして弥之助を隠密として使っていたのである。

弥之助は剣にすぐれていたわけではなかったが、鉄礫《つぶて》が得意だった。弥之助の遣う鉄礫は直径一寸五分（約四・五センチ）ほどの六角平形の物で、人に当たれば肌を裂き、骨を砕くほどの威力がある。

その後、弥之助も旗本屋敷に使える中間《ちゅうげん》をあやまって斬ったことが露見し、御役御免となった。その弥之助を、岩井がひそかに使っていたのである。

近付いてきた足音が、障子のむこうでとまった。

「弥之助か」

岩井は身を起こさず、訊いた。

「ハッ」

「入るがよい」

岩井がそういうと、すぐに障子があき、フッと座敷内の夜気が動いた。闇のなかで姿は見えないが、弥之助が入ってきたらしい。

「何かあったのか」

岩井が訊いた。江戸市中に何か異変があれば、深夜でもかまわず、岩井の許に報《し》らせに来るよう命じてあったのだ。

「お頭、御救党《おすくいとう》のことをご存じでしょうか」

部屋の隅の闇のなかで、くぐもった弥之助の声がした。

「聞いておる」

岩井は、昨年三月の丙寅の大火の後、御救党なる野党が江戸市中に出没し、米問屋や材木問屋などに押し入って大金を強奪していると耳にしていた。

御救党とは妙な名だが、大火で材木が高騰し大儲けをした材木問屋や富裕な廻船問屋などを襲ったこと、奪った金の一部を火事で焼け出された窮民にくばったことなどから、江戸の町人たちの間でそう呼ばれていたのだ。

「昨夜、御救党が深川の材木問屋、高島屋《たかしま》に押し入り、御用金と称し、七百両あまり奪って逃走いたしました」

「御用金ともうしたのか」

岩井が聞き返した。

「はい、賊のひとりが主人にそういったそうです」

「お上を愚弄しておるのか」

昨年十月、幕府は財政悪化から江戸の町人、幕府領の農民などに御用金を課した。

近年豊作がつづいて米価が低迷し、年貢米の売却に生活を依存している幕臣は暮らしをおびやかされていた。そのため幕府は米価の引上げを狙って、市場から米を買い上げようとした。その資金を御用金として課したのである。

賊は、そうした幕府の政策を嘲笑しているようにもみえた。

「それに、賊は武士の集団らしいそうだな」

「そのようでございます」

「うむ……」

岩井は思案するように、いっとき口を閉じていた。

「いかがいたしましょうか」

弥之助が訊いた。

「町方はどう動いておる」

「懸命に賊の探索をつづけておりますが、いまだ、その正体すらつかんでおりませぬ」

「そうか。……いずれにしろ、夜盗の捕縛は町方の仕事。もうすこし様子をみよう。念の為、茂蔵《しげぞう》と左近《さこん》にも探るよう伝えよ」

献残屋《けんざんや》茂蔵と宇田川《うだがわ》左近も、岩井の配下だった。

「承知」

すぐに、部屋の隅の闇が動き、弥之助の出ていく気配がした。

障子がしまり、廊下を去るかすかな足音がしたが、それが消えると辺りを夜の静寂《しじま》が押しつつんだ。ほのかな月明りだけが闇の部屋を支配している。


岩井は眠れなかった。

目をひらいて、天井の濃い闇を見つめていた。部屋は漆黒の闇につつまれていたが、障子に映じたかすかな月明りが、廊下側の障子の桟《さん》や隣室の境の襖《ふすま》などを識別させている。

……あれから、五年か。

夜の静寂が、岩井の脳裏に五年前の出来事を鮮明によみがえらせた。

そのころ、岩井は御目付だったが、将来は将軍の側役である御納戸《おなんど》頭取《とうどり》や奉行職までも期待されていた俊英のひとりだった。

ところが、思わぬ事件がかれを襲った。

勘定吟味役に三島《みしま》九兵衛《きゅうべえ》という旗本がいた。岩井は、この三島が御用商人である呉服問屋の越後屋と結びついて不正を働いているという噂を耳にし、隠密を使って探索を始めた。その後三月ほどして、突然岩井の許へ当の三島が訪ねてきた。

三島は夜中の訪問を詫びた後、

「たしかに越後屋の饗応は受け、手土産程度は手にしたが、この程度のことは勘定方の者ならだれしもやること。拙者だけ、格別の賄賂《まいない》を受け取った覚えはございませぬ。不正の噂は、拙者を追い落とそうとする他の吟味役の陰謀でござりましょう」

と、断じた揚げ句、これは御目付どののお手をわずらわせたお詫びにござる、と声をひそめていい、袱紗《ふくさ》包みを岩井の膝先へ押し出したのである。

そのふくらみからして、二百両はありそうだった。要するに、岩井の糾弾がさけられぬとみた三島が、たいした収賄ではないので、目をつぶってくれ、と金で抱き込みに来たのだ。

「拙者は、事実を上申するつもりでいる。格別なことがなければ、恐れることはございますまい」

岩井が、おだやかな声音でそういって袱紗包みを三島に返すと、

「岩井どのは、拙者を追い落とそうとする勘定方の榊《さかき》と謀《はか》って、あらぬ罪を着せる気であろう」

三島は顔を赤く染めていった。気が昂《たかぶ》っているらしく、声が震えていた。

榊というのは、三島と同じ勘定吟味役の旗本だった。日ごろから榊と三島は反りが合わず、反発し合っていると聞いていた。三島は榊が岩井に告げ口したと思い込んでいるらしかった。

「榊どのから何も聞いておらぬ」

岩井は即座に否定したが、三島は信じなかった。

「いずれにしろ、これは受け取っていただきたい」

三島は声を荒立て、手にした袱紗包みを岩井の膝に押しつけるようにした。

「受け取ることはできぬ」

岩井も語気を強めて、押し返した。

「榊と結託し、拙者ひとりに罪を着せる気だな」

三島は激昂して叫び、袱紗包みを畳に投げ捨て荒々しく立ち上がった。

その夜のうちに、岩井は、受け取らなければ、屋敷内に投げ込んでこい、と家臣に命じ、袱紗包みを持たせた。


翌日の下城時、岩井が内神田の神田橋御門ちかくにある自邸の前まで騎馬で来ると、門前で待っていた三島が、

「岩井どのに、話がござる」

といって、近寄ってきた。

三島の顔が蒼《あお》ざめ、目がひき攣《つ》っていたので、岩井は門前で騒ぎを起こしては世間体が悪

いと思い、ともかく屋敷内へ入れようと、下馬した。

すると、突然三島が抜刀し、駆け寄ってきた。逆上している。

「榊と謀りおって、許せぬ！」

叫びざま、三島が斬りつけてきた。

「ま、待て、気を鎮めよ」

咄嗟《とっさ》に斬撃をかわし、岩井は身を引きながら叫んだが、三島はさらに斬りかかってきた。やむなく、岩井も抜刀して応戦した。三島の異常な興奮に巻き込まれ、岩井もわれを失っていたことは否めない。そのとき、抜かずに供の者にまかせて屋敷内に逃げ込んでしまえばよかったのだ。

斬りつけてきた三島の斬撃をかわしざま、岩井は袈裟《けさ》に斬り込んだ。一刀流の稽古で鍛えた体が勝手に反応したのである。その切っ先が、三島の首根をとらえた。

三島の首根から、血が赤い驟雨《しゅうう》のように飛び散った。首の血管《ちくだ》を斬ったのである。

3

当初、幕閣は岩井の糾弾を恐れた三島が発作的に斬りつけたとみて、岩井を処罰する動きはなかった。

ところが、一月ほどして、突然岩井に切腹の申し渡しがあった。怨恨による私闘だというのだ。一方、三島家に対しては五百石を三百石に減ずるが、嫡男に家を継ぐことは許すという理不尽なものだった。

幕府のこの決定には裏があった。三島の妹のお妙《たえ》が、将軍家斉《いえなり》の寵愛を受けていた御中臈《おちゅうろう》に仕える御小姓で、この一件を御中臈に伝え、御中臈から幕閣に強い働きかけがあったためだった。

岩井に切腹の沙汰《さた》があって三日ほどした午後、老中主座、松平伊豆守信明《のぶあきら》の用人、西田邦《くに》次郎《じろう》がひそかに訪ねてきた。

「殿におかれては、こたびのご沙汰にいたく心を痛められ、腹をめされる前に岩井どのとお会いしたいとの仰《おお》せでござる」

そう切り出し、人目に触れぬよう松平家上屋敷まで、同行願いたい、といい添えた。

そのまま西田は岩井家にとどまり、五ツ（午後八時）を過ぎてから、駕籠《かご》も使わずひそかに裏門から出た。

松平家上屋敷は、呉服橋御門を渡った先にある。ふたりは、江戸の町筋を供も連れずに歩いた。

上屋敷にふたりが着いたとき、夜更けにもかかわらず信明は奥の書院で待っていた。ちょうど岩井と同じ年頃であろうか。信明は幕閣の間では剛直と噂されていたが、おだやかな微笑を含んだ顔で岩井をむかえ、

「遠路、疲れたであろう、楽にいたせ」

と、いたわるようにいった。

岩井は低頭した後、事件の不手際を詫びた。岩井にも刀を抜き、みずからの手で三島を斬ったという後悔があったのだ。

「その件だがな。わしも、理不尽な裁定と思っておるし、このままそちに腹を切らせる気はないのだ」

信明の顔から微笑が消えていた。のっぺりした顔が行灯《あんどん》の明りを横から受け、冷たい能面のように浮かび上がっている。岩井にそそがれた双眸の鋭いひかりが、強い意思を垣間見させた。

「ただ、そちには一度死んでもらわねばならぬ」

信明は重いひびきのある声でいった。

「…………」

「いや、死ぬということは、表舞台から身を引いてもらうということだ。……陰で生きると

いうかな」

「陰で生きるとは」

思わず、岩井は聞き返した。

「影目付とでもいえばよいかのう」

「影目付！」

「そうじゃ。そちも感じてはいようが、ちかごろ江戸市中が騒がしいし、幕臣の風紀も乱れておる。町方にこれ以上の期待はできぬし、何か手を打たねばと思っていた矢先なのだ」

信明は、天明の飢饉《ききん》（一七八二〜八七）以後江戸にも浮浪化した無宿人や博徒などが流れ込んでいることや米価の低迷で幕臣の収入が減ったにもかかわらず、旗本のなかには高級料亭で豪遊したり、吉原などに出かける者もいることなどを口にした。

「いかさま」

信明のいうとおりだった。町方の取締りには限界がある。町奉行の管轄は町人だけだったので、幕臣には手が出せなかった。また、近年江戸に流れ込む出稼ぎや無宿人が多く、かれらによる犯罪が多発したことを受け、幕府は寛政年間（一七八九〜一八〇一）には厚生施設として石川島に人足寄場を設けたり、昨年は関八州の無宿人や博徒を取り締まるため、関東取締出役《しゅつやく》（八州廻り）を設置したりしたが、思うような効果はあらわれていなかった。

「だが、そうした犯罪人を探索したり、捕縛したりせよというのではない。そうした仕事は、町方や火盗改めのものだからな。そちには、表沙汰にできぬことを処理してもらいたいのだ。特に、町方や火盗改めが手を出せぬ武家の犯罪を闇で始末することになろうか」

信明は低い声でつづけた。

「それに、そちの一件もそうなのだが、ちかごろまた、上さまにおもねる佞臣《ねいしん》たちの暗躍が目につくようになってな。このまま手をこまねいていては、越中守さまが身をもって御改革なされたのに、ふたたび意次《おきつぐ》どののころの悪政にもどりかねぬ」

信明の口吻に苛立《いらだ》ったようなひびきがあった。

越中守とは、松平定信のことである。定信は田沼意次の腐敗した政権を粛正し、寛政の改革に尽力し、それなりの成果を上げた。だが、それがまた権力者への追従や賄賂で政治が動いていたころの田沼時代にもどりかねない、と信明は心配しているのだ。

現在、幕政の実権は信明を筆頭に、定信に挙用され協力してきた「寛政の遺老」と呼ばれる定信派の者たちがにぎっている。だが、田沼意次と与《くみ》して権勢をふるっていた水野《みずの》忠友《ただとも》の養子の忠成《ただあきら》などが、将軍家斉の側近として急速に力をつけていた。

「そちの一件も、出羽（水野出羽守忠成）が大奥と通じ、上さまに言上したとみておるのだ」

信明は苦々しい顔をした。

現在、忠成は若年寄りだった。忠成は天明五年（一七八五）に家斉の小納戸に召し出されてから寵愛され、順調に昇進をつづけていた。

「このままそちに腹を切らせたのでは、出羽の意向で政事《まつりごと》が動いたことになろう。なんとしても、意次のころの追従や賄賂で動く悪政にもどしてはならぬのだ」

「…………」

そうした幕閣の動きは岩井も知っていたが、口出しはできなかった。

「それに、幕臣のかかわった事件では、ひそかに闇で始末せねばならんときもあるはず。今後、そちには、幕臣の腐敗を陰で糾弾し、江戸の治安を守る影目付として生きてもらいたいのだ」

信明の口調には有無をいわせぬ強いひびきがあった。

「ハッ」

岩井は額を畳につけたまましいっとき動かなかった。

それから半月ほどして、岩井に新たな申し渡しがあった。切腹の沙汰は取下げ、喧嘩両成敗として、役儀召放（御目付を罷免）の上、千石だった家禄を七百石に減ずるというものであった。

4

「左近さま、どうですか、お味は」

茂蔵は目を細めて訊いた。

茂蔵は六尺ちかい偉丈夫で、腕や首が異様に太かった。四十がらみ、丸顔で目が細く大きな福耳をしている。恵比寿のような福相の主である。

宇田川左近と茂蔵は、京橋、水谷町の亀田屋《かめだや》という献残屋の離れで酒を飲んでいた。

献残屋というのは、武家や町人の間でおこなわれる進物や献上品の不要な物を買い集め、必要な人に売る商売である。いわば、贈答品の再利用ということになる。ただ、亀田屋は献残屋だけでなく、奉公人を斡旋する口入《くちい》れ屋も兼ねていた。

茂蔵は亀田屋を始める前は、黒木与次郎《くろきよじろう》という黒鍬頭だった。黒鍬者は幕府の雑務雑用にたずさわる御家人以下の身分で、ふだんは諸大名の登城にさいし、江戸城の門前などで行列の整理などにあたっている。

岩井が御目付に就任して間もないころ、黒木の配下の黒鍬者が大名の家臣と行列の順序のことで揉め事を起こしたことがあった。ちょうどその場に居合わせた黒木が間に入って話を付けようとしたが、相手の理不尽な言い分にかっとなって家臣のひとりを殴りつけてしまった。

幸い顔面がすこし腫《は》れた程度で怪我もなく、それ以上の騒ぎにならなかったが、後日、大名家から、供奉の者が黒鍬者に天下の大道で狼藉《ろうぜき》を受けたが、わが家の威信にかかわるゆえ、このまま見逃すことはできぬ、との訴えがあり、黒木に断罪を迫った。

そのままでは、黒木の死罪はまぬがれなかった。これを知った岩井は、そのような些細《ささい》なことで、黒木を失うのはあまりに惜しいと思った。それというのも、黒木は柔術と捕手を主に編まれた制剛《せいごう》流の達者で、相手を傷つけずに取り押さえたいときや無腰で屋敷内に入るときなど、黒木ほど役に立つ男はいなったからである。

すぐに、岩井は黒木を江戸から逃がし、その後、逃走先で抵抗した黒木を斬殺したと幕府には報告した。

この逃走は秘密裡に行われ、倅《せがれ》の死の報に接した老いた父母は葬式まで出したほどである。その後三年ほどの間に、黒木の父母が相次いで亡くなり、妻子もいなかったため黒木は天涯孤独の身になった。

江戸を出てから数年後、黒木は茂蔵と名を変え、町人として江戸にもどってきた。そして、岩井の助力で潰《つぶ》れた献残屋を安く買い取って今にいたっている。

献残屋と口入れ屋を始めたのは、両商売とも武家屋敷に出入りすることが多く、旗本や御家人の噂が耳に入りやすいからである。このことを知っているのは、岩井と数人の仲間だけだった。

岩井は信明から影目付として生きるよう命じられた後、茂蔵に会い、

「おれと同じように、黒木与次郎は一度死んだ身だ。今後、献残屋茂蔵は影目付として生きてもらいたい」

といって、仲間に引き入れたのである。

「なかなか、うまい」

左近はコリコリと音をさせて筍《たけのこ》を嚙んだ。茂蔵が近所からの貰い物だといって、筍の煮付けを酒の肴に出してくれたのである。

左近も影目付のひとりだった。三十半ば、総髪の牢人である。いつも、大刀だけを落し差しにしていた。面長で端整な顔立ちをしていたが、憂いをふくんだ暗い表情がはりついていて、目ばかりが異様にひかっている。左近にも、人には語れない不幸な過去があるようだ。

「とりたての筍は、うまいですな」

茂蔵も口元をほころばせて箸を伸ばした。

「ところで、御救党のことで何かつかんだか」

左近が訊いた。

茂蔵と左近は、岩井からの指示で御救党のことを探っていたのだ。

「それが、かいもく。旗本や御家人の屋敷をまわって、それとなく探りを入れてはいるのですが……」

茂蔵は商売柄、武家屋敷に出入りすることが多かったし、武家に斡旋した中間などから話を聞いていたが、御救党にかかわるような情報はつかめないでいた。

「おれの方もだめだ」

左近は、金をつかんだ賊が行きそうな岡場所や賭場などを探っていたが、まだ収穫はなかった。

「まァ、そのうち見えてきますよ」

そういって茂蔵は銚子を取ると、左近の猪口《ちょこ》に酒をついだ。

それから半刻（一時間）ほど、飲んだときだった。離れの方に近付いて来る足音がし、旦那さま、旦那さま、と呼ぶ声が聞こえた。

「奉公人の万吉《まんきち》ですよ」

そういって、茂蔵が腰を上げた。

奉公人といっても、亀田屋には五人しかいない。帳場をまかせている番頭格の栄造《えいぞう》、進物や献上品の売買にあたる利吉《りきち》と音松《おとまつ》、下働きの万吉、それに女中のおまさである。

「どうした、万吉」

茂蔵は上がり框《かまち》のところにしゃがみ、入ってきた万吉に訊いた。

「へい、八丁堀川の岸で、死骸《おろく》が見つかったそうで」

万吉は、目をしょぼしょぼさせていった。すでに五十路を過ぎ、鬢《びん》も髷《まげ》も白髪が目立つ。万吉だけは、他の奉公人とちがっていた。口が堅く、律義な男で、茂蔵が黒鍬頭をしていたときから下働きとして仕え、いまは茂蔵の手先も兼ねていた。むろん、茂蔵が影目付であることも知っている。ただ、手先といっても老齢のため、仲間同士のつなぎや町の噂などを茂蔵に伝えたりするだけであった。

「土左衛門かね」

水死体はめずらしくなかった。事故死、投身自殺、まれに他殺などで、江戸の河川では死体がよく発見されるのだ。

「それが、斬られたらしいんで」

「斬られた？」

「へえ、お武家さまが……。辻斬りじゃァねえかと、近所の者が話していやした」

「それで、場所は」

「中ノ橋のちかくで」

「八丁堀ちかくで、辻斬りとはめずらしい」

中ノ橋を渡った川向こうの八丁堀には町奉行の同心や与力の組屋敷があって、川沿いの道も町方の者がよく通り、追剝《おいは》ぎや辻斬りなどが出たという話はあまり耳にしなかったのだ。

茂蔵は、万吉に、また何か聞き込んだら知らせてくれ、といって、店に帰した。

「覗《のぞ》いてみますか」

茂蔵が左近を振り返って訊いた。

「そうだな」

左近はかたわらの刀を手にして立ち上がった。

5

八丁堀川の川面が初夏の陽射《ひざ》しにかがやいていた。荷を積んだ猪牙舟《ちょきぶね》がゆっくりと下っていく。八ツ半（午後三時）ごろであろうか。陽射しは強かったが、川面を渡ってくる風には涼気があった。

中ノ橋ちかくの川岸に人垣ができていた。船頭ふうの男や天秤《てんびん》を担いだぼてふり、女子供の姿もあった。近所の者や通りすがりの者らしい。岸辺ちかくに立って下を覗いている。足元に石段があって、その先に桟橋があるようだ。

近付くと、石段の途中にも人影が見えた。数人の男たちが立っている。こちらは、岡っ引きと町奉行所の同心らしい。八丁堀同心は袴をつけない着流しに羽織の裾を角帯に挟む巻羽織という独特の姿をしているので、遠目にもそれと知れる。

「左近さま、死骸《おろく》はあそこのようで」

茂蔵が指差した。

町方の立っている足元に筵《むしろ》があり、その上に死体は横たわっているようだった。

茂蔵と左近は岸辺の人垣を分けて石段のそばに出た。すぐ、真下の石段の上に死体が横たわっていた。

茂蔵と左近が上から覗き込んだとき、同心が物音を聞いて顔を上げた。その頤《おとがい》の張った髭《ひげ》の濃い顔に見覚えがあった。北町奉行所の定廻り同心の楢崎慶太郎《ならざきけいたろう》である。左近は楢崎の名と顔を知っていたが、向こうは知らないらしく、うさん臭そうな顔をしただけである。

死体は羽織袴姿の武士だった。その拵《こしら》えから見て、旗本か御家人といった感じである。肩から胸にかけて、どす黒い血に染まっていた。

……手練《てだれ》だな。

一太刀、左肩から袈裟に斬り下げられていた。その傷口から鎖骨が覗いていた。斬ったのは剛剣の主である。

左近は神道無念流の遣い手だった。刀傷を見ただけで、相手の太刀筋や腕のほどが分かる。

「殺《や》ったのは、あそこのようで」

茂蔵が、すこし離れた川岸を指差した。その下の土手の芒《すすき》や葦《よし》などが倒れ、血の痕《あと》があった。

川岸で斬られ、突き落とされたようだ。死体は町方の手で、その場所から石段まで運ばれたらしく、その間の芒や葦が倒されていた。

検屍にあたっている楢崎の顔にうんざりした表情があった。刀傷から下手人は武士と見ているのであろう。それに、斬られたのも武士である。武士や武家地は町方の支配外だったので、双方が武士となると、町方にとっては探索しにくいはずだ。それに、下手人が知れても手を出せないかもしれない。

それでも、楢崎はちかくにいた手先に、近所の聞き込みや死体の身元をつきとめるよう指示した。すぐに、数人の岡っ引きと下っ引きが石段を駆け上がってきて、辺りに散った。集まった野次馬から聴取する者、人垣を分けて川沿いの道を走り、付近の住居へむかう者などがいた。

「やはり、辻斬りでございましょうかね」

茂蔵がかたわらにいた船頭らしい男に声をかけた。商人らしいおだやかな顔である。

「どうかな……」

男は陽に灼《や》けた顔を茂蔵の方にむけ、

「昨夜《ゆうべ》遅く、近所の者が、御救党だと叫ぶ声を聞いたそうだぜ」

と、声を落としていった。

「襲ったのは、御救党ですか？」

茂蔵は目を剝《む》いて聞き返した。

「そうなるが、御救党が辻斬りみてえな真似はしねえと思うぜ」

「あるいは、御救党がちかくの大店でも襲ったんでしょうかね」

一味が逃走する途中、ここで武士と出会い、口封じのために斬り殺したとも考えられた。

「そんな話は聞いてねえ」

「わたしも聞いてませんし、妙ですね」

近所の大店が襲われたのなら、大騒ぎするはずだし、茂蔵の耳に入らないはずはないのだ。

それに、御救党と名乗って斬るというのもおかしい。

船頭が腕組みしたまま黙っていたので、

「ところで、死骸《おろく》を見つけたのは、どなたでございますか」

と、茂蔵が別のことを訊いた。

「熊七《くましち》という船頭だよ。……熊七は、下の桟橋に舟を出しに来て見つけたらしいや」

「そうですか」

桟橋から土手を覗いて、死体を発見したのであろう。その後、番屋にでも知らせて、町方が駆けつけたにちがいない。

茂蔵は船頭から離れ、近所の住人らしい男にそれとなく訊いたり、聞き込みをしている岡っ引きのそばで耳を立てたりしたが、下手人はむろんのこと、殺された男の身元も分からなかった。ただ、殺された男の財布がないことが、岡っ引き同士の話から分かった。

「御救党が、辻斬りにも手を出したってことでしょうかね」

亀田屋の方にもどりながら、茂蔵がいった。

「どうかな。ともかく、斬られた男の身元が分かるといいが……」

左近がいった。

「それは、わたしが」

茂蔵は、ちかくの旗本や御家人を当たれば、つかめるでしょう、といい添えた。

　ふたりが店にもどると、離れに黒鍬の弥之助が来ていた。黒股引に半纏《はんてん》という職人か船頭を思わせる格好で、戸口の前に立っていた。弥之助は、ふだん深川の船宿の船頭をやっていた。

「亀田屋さん、八丁堀川のちかくで、武家が斬られたようだが、ご存じですかい」

　弥之助が訊いた。言葉遣いも船頭らしい。武家言葉が出るのは、岩井と話すときだけである。

　黒鍬者を罷免される前、弥之助は茂蔵の配下だった。そのころは、お頭と呼んでいたが、いまはふたりの正体を秘匿するためもあって、亀田屋さん、茂蔵さんと呼んでいる。茂蔵の方も、黒鍬頭だったころのことはおくびにも出さない。

「いま、左近さまと見てきたところですよ」

　茂蔵は、左近と弥之助をなかに入れながらいった。

　上がり框に腰を下ろすと、茂蔵が現場ちかくでつかんできたことをかいつまんで話した。

「そうですかい。すると、殺ったのは御救党で」

　念を押すように弥之助が訊いた。

「名乗って襲うのも妙ですがね」

「ただ、三日前にも、同じような事件がありましたぜ」

「同じような事件とは」

茂蔵が訊いた。

「薬研堀《やげんぼり》ちかくの大川端で、旗本がひとり斬られましたんで。やはり、近所に住む者が、御用金をいただく、と叫んだのを聞いてまして。町方は、御救党とみてるようですぜ」

「ほう、それで、殺された旗本の身元は知れたかね」

茂蔵がかたわらに立っている弥之助の顔を見上げて訊いた。

「村山泉之助《むらやませんのすけ》。二百石の御小納戸衆のようで」

「供はいなかったのか」

茂蔵は、二百石の旗本なら供の者がいるはずだと思ったようだ。

「それが、ひとりのところを襲われたらしいんです。……柳橋の料理屋に出かけた帰りのようでしてね」

「御救党が辻斬りまでして金を集めるようになったというわけですか」

茂蔵が苦々しい顔をした。

そのとき、茂蔵の脇に腰を下ろして、ふたりのやり取りを聞いていた左近が、

「刀傷か」と、訊いた。

「へい、首筋を横に一太刀、正面から払ったような傷で」

「そいつも、手練のようだな」

首を斬れば一太刀で確実に命を奪えるが、正面から踏み込んで首筋を払い斬りにするのはむずかしいのだ。

「町方や火盗改めには、荷が重いかもしれませんぜ」

弥之助がいった。

御救党は武家集団のようである。しかも、手練もくわわっているようなのだ。

「それにしても御救党の目的はなんでしょうね。金を集めて、窮民を救うのが狙いとは思えませんし」

茂蔵は首をひねった。

「いずれにしろ、もうすこし探ってみよう」

左近は、ちかいうちに御救党一味の手練と立ち合うときがくるような予感がした。

6

暮れ六ツ（午後六時）過ぎ、長屋は喧騒につつまれていた。男の怒鳴り声、笑い声、引戸を開閉する音、何かを倒すような物音……。働きに出ていた男たちがもどり、長屋はいまが一番騒がしいときなのだ。

ふいに、腰高障子のむこうで、女の甲高い声と子供の泣き声が聞こえた。斜向《はす》かいの部屋のおたきという女房が、七つになる竹吉という子を叱りつけているようだ。

左近は狭い板敷きの間に胡座をかいて、貧乏徳利の酒を手酌で飲んでいた。左近は日本橋小舟町にある甚兵衛《じんべえ》店《だな》と呼ばれる棟割り長屋の住人だった。

障子のむこうで、パタパタと草履で走る音がした。つづいて重い足音がし、竹吉、待ちな、という女の声がした。逃げる竹吉をおたきが追いかけているようだ。

左近の部屋だけはひっそりとして、薄闇がおおっていた。障子に仄白《ほのじろ》く映じている屋外の明るさが、陰影の濃い左近の顔をぼんやりと浮かび上がらせていた。憂いをふくんだ暗い顔である。

……国枝恭之進《くにえだきようのしん》も、同じような傷だったな。

左近は五年前のことを思い出していた。日中、八丁堀川の川岸で、武士の斬殺死体を見たせいかもしれない。

当時、左近は百俵五人扶持の御徒目付だった。御目付の配下である御徒目付頭の下で、御家人の監察糾弾をする役職である。

当時、左近にはお雪《ゆき》という許嫁がいた。同じ御徒目付の山田《やまだ》邦次郎《くにじろう》の娘で十七歳、ほっそりした色白の美人だった。

　このお雪に、国枝恭之進という男が横恋慕した。恭之進は傲慢な男だった。御徒目付を支配する組頭の嫡男だったこともあり、強引にお雪を嫁に欲しいといいだしたのだ。

　これを聞いたお雪は、左近さまといっしょになれないなら、自害するとまでいって断った。すでに、左近とお雪は情を通じあった仲だったのである。

　ところが、国枝家は権高だった。山田邦次郎が直接の配下だったこともあって、この申し出を断るなら、御徒目付から身を引いてもらうとまでいいだしたのである。

　やむなく、山田はお雪の心が落ち着くまで猶予をいただきたいと返答した。ところが、恭之進は、これを承諾の意に解し、お雪をちかくの古刹に呼び出し、無理やり体を奪ってしまったのである。

　それから十日ほど後、お雪は、左近さまと添い遂げとうございました、との遺書を残して、大川に身を投げた。

　お雪の葬儀は肉親だけの簡素なものだった。葬儀に参列した翌日、左近はせめて一言でも恭之進に詫びて欲しいと思い、国枝家の屋敷の前で恭之進が出て来るのを待った。

　そして、姿をあらわした恭之進に詫びるよう迫ると、

「おれのせいではない。あの女、よがり声を上げてな、おれに迫ってきたのだぞ」

恭之進は、卑猥な嗤《わら》いを浮かべていった。

「お、おのれ！」

左近は激しい怒りで思わず刀の柄《つか》をつかんだが、頭の隅には、斬ってはならぬ、との思いがあって、抜くことはできなかった。

気色《けしき》ばんだ左近を見て、恭之進は驚いたように身を引いたが、

「おれを斬れるか、斬れば、宇田川家はつぶされるぞ。そんなに惚れた女なら、おまえも後を追って死んだらよかろう」

と、せせら笑ったのである。柄に手をかけたが、左近には抜くこともできないと見たようだ。

だが、恭之進の言葉で左近は逆上し、抜刀した。頭のなかが真っ白になった。自分が何をしているか、分からなくなった。

抜刀し、怒りに顫《ふる》えている左近の姿をみて、恭之進もこのままではすまぬと感じたらしく、顔をこわばらせて刀を抜いた。恭之進にも剣の心得があったのである。

青眼に構えた恭之進と対峙した瞬間、左近は喉《のど》の裂けるような気合を発しざま斬り込んでいた。少年のころから、神道無念流を学んだ体が勝手に反応したのである。

凄《すさ》まじい斬撃だった。怒りの一刀は恭之進の左肩口から袈裟に入り、右腋まで斬り下げられた。恭之進はその場にくずれるように倒れた。おびただしい出血で恭之進の上半身が真っ

赤に染まった。喉から喘鳴《ぜんめい》とともに血の泡が溢れ出ただけで、悲鳴も呻《うめ》き声も上げなかった。即死である。

左近は屋敷内に謹慎し、公儀の沙汰を待った。理由はともかく、上役の肉親を門前で斬殺したのである。改易の上、わが身の切腹はまぬがれまいと思っていたが、切腹の申し渡しはなかった。

改易だけだった。しかも、国枝家にも二百石を百石に減ずる沙汰があり、御徒目付頭の役も罷免されたのである。

この裁定の背後には、当時御目付だった岩井の働きがあった。岩井は配下の徒目付に命じ、事件の一部始終を調べさせた。その結果、事件の原因は恭之進の横暴にあったと認め、その旨も記して上申したのである。

切腹はまぬがれたが、改易の処罰も厳しいものだった。家禄を奪われ、家屋敷も没収されるのである。

左近には隠居した父と病弱な妹がいた。親子三人、屋敷を出た翌日から路頭に迷うことになった。

左近は父と妹を連れ長屋に引っ越し、神道無念流の町道場で師範代をやったが、その日の食べ物にも困るような有様だった。そうした困窮のなかで、長屋に越して三年後、妹が風邪をこじらせて死んだ。さらに半年後、己の悲運を嘆きながら、父が老い腹を掻《か》き切って果てたのである。

父の死骸を宇田川家の墓に葬った夜、

……ひとり、生き長らえてもせんかたない。

そう思い、左近は、父と妹、それにお雪の名を記した位牌の前で腹を切って死のうとした。

左近が身を清め、長屋の板敷きの間に端座したときだった。腰高障子があいて、武士がひとり入ってきた。

岩井である。岩井は土間に立って一瞥《いちべつ》すると、すべてを悟ったようだった。

「焼香に来たのだが、うぬも父の後を追って死ぬか」

岩井は静かな声音でいった。表情も変えず、左近に腹を切る理由も訊かなかった。

「はい」

「されば、岩井勘四郎が介錯つかまつろう」

そういうと、岩井は板敷きの間に上がって左近の背後に立ち、手早く刀の下げ緒で両袖を絞った。

「かたじけのうございます」

左近は諸肌脱ぎになり、袴を押し下げて腹を出した。

そして、左近が膝先に置いた小刀をつかもうと右手を伸ばした瞬間だった。

背後で抜刀の音がし、かすかな刃唸《うな》りとともに大気が揺れた。

刹那、切っ先が左近の首筋に当てられてとまった。

「こ、これは！」

小刀をつかんだまま、左近の身がかたまった。

どういうわけか、左近に小刀を腹に突き刺す間も与えず、岩井は斬首の太刀をふるい、しかも刀身を首筋でとめたのである。

「宇田川左近の首は、おれが刎《は》ねた」

「…………！」

「左近、われらは亡者だ。今後は、われらとともに生き、影目付として闇に棲む悪人どもを斬るがよい」

岩井は重いひびきのある声でいった。

このとき、岩井も御目付を罷免され、影目付として生きていたのである。

腰高障子のむこうで、女の笑い声と男の子のあまえるような声がした。おたきが竹吉をつかまえてもどってきたようだ。

戸口のそばまで来たらしく、ふたりの声がはっきりと聞こえてきた。

「なにも、どろぼう猫みたいに、口にくわえて逃げることァないだろう」

「おっかァ、腹が減ってたんだよ」

「だって、おまえ、あれはおとっつァんの分だよ」

「おいらの分を、おとっつァんにやればいいじゃないか」

「そりゃァそうだけど……」

ふたりの声と足音が遠ざかっていく。どうやら、夕餉《ゆうげ》の支度をしているおたきから、竹吉が惣菜でも口にして逃げたらしい。

やがて、引戸をしめるかすかな音がして母子の足音と会話は聞こえなくなった。

ふたたび身辺をつつんだ静寂のなかで、左近はうすくひかる目で濃くなってきた闇を見つめ、

……おれは、亡者だ。

と、つぶやいた。

7

「お出かけでございますか」

岩井が玄関先から出ようとすると、登勢が後ろから声をかけた。

「陽気がよいので、市中をまわってこようかと思ってな」

岩井は小袖に袴姿で、手に深編笠《ふかあみがさ》を持っていた。岩井は、ときどき供を連れずに笠で顔を隠して外出するときがあった。

登勢や家臣には、碁敵の家へ出かけるといったり、市中見まわりに行くといったりした。もっとも、家臣たちは岩井の言をそのまま信じてはおらず、岩井が無職の無聊《ぶりよう》を慰めるために芝居見物や料理屋などにいっているにちがいないと思っていた。

「お気をつけなさいませ」

登勢の色白の顔に心配そうな表情が浮いた。

岩井は影目付という言葉も任務のことも口外したことはなかったが、登勢だけは、岩井が幕閣の密命を受けて動いていることに気付いていた。

「案ずることはないぞ、日暮れまでにはもどる」

そういい置いて、岩井は裏門から通りへ出た。

むかった先は、亀田屋である。岩井は店先で深編笠を取ると、暖簾《のれん》をくぐった。

「これは、岩井さま」

帳場にいた番頭格の栄造が、慌てて立ち上がって近寄ってきた。

「茂蔵はいるかな」

「はい、奥に。……また、これでございますか」

栄造は四十半ば、あばた面《づら》いっぱいに愛想笑いを浮かべて、指先で碁を打つ真似をして見せた。

亀田屋の奉公人たちは、岩井のことを囲碁好きの貧乏御家人と思っていた。ときどき姿を見せ茂蔵と離れにこもるのは、やはり囲碁好きの茂蔵と碁を打つためと信じ込んでいた。

それに、献残屋は旗本や御家人、富裕な商人などが相手の商売である。しかも、進物品などをひそかに売って金に替えようとする武家は、人目を忍んでくることも多い。そのため、岩井のような者が出入りしても、だれも不審を抱かないのだ。

岩井が茂蔵に献残屋を始めさせたのは、旗本や御家人の屋敷に出入りして探ったり、仲間の影目付がひそかに出入りするのにいい商売だと思ったからである。

「では、寄らせてもらうぞ」

岩井はいったん店から出て、脇の戸口から裏手にある離れへまわった。

離れも工夫されていた。周囲に椿や樫《かし》などの常緑樹が植えられ、店の方から見えないようになっていたし、店の脇の小径《こみち》を通れば、直接行くこともできた。影目付の密談の場所として利用されていたのである。

その離れの上がり框に腰を下ろして待つと、すぐに茂蔵が姿を見せた。

「岩井さま、どうぞ、どうぞ」

茂蔵は身を低くして、岩井を座敷に上げた。

用意した碁盤に適当に石を並べ、女中のおまさが運んできた茶を一口すすったところで、

「それで、御救党のことは何か知れたか」

と、岩井が声をあらためて訊いた。

「はい、ちかごろは辻斬りまでして金を集めているようでございます」

茂蔵が八丁堀川沿いの件と弥之助から聞いた薬研堀ちかくの件をかいつまんで話した。

「斬られたのは？」

「薬研堀ちかくで斬られたのは、旗本の村山泉之助とか。もうひとりは金山久兵衛《かなやまきゅうべえ》、こちらは勘定方で、家禄は二百石でございます」

すでに、茂蔵は出入りしている旗本や御家人の屋敷をまわって、金山のことを聞き込んでいたのである。

「ふたりとも、旗本か」

岩井の目にするどいひかりが宿った。

斬られたふたりが幕府の要職にある旗本であることから、岩井は二件の辻斬りの裏に、幕政にかかわるような陰謀がひそんでいると感じ取ったのかもしれない。

「お頭、どうします」

茂蔵の言葉遣いが変わった。顔から商人らしい笑みが消え、影目付としての剽悍《ひょうかん》な面貌《おもて》になっていた。

「町方の動きは」

岩井は碁盤の上の碁石をつかんで、掌でもてあそびながら訊いた。

「南北の奉行所が探索をつづけておりますが、いまだ、一味の影も見えておりませぬ」

「そうか。だが、われらが手を出すのは、まだ早い。町方や火盗改めで処理できる事件は、まかせねばならぬ」

たとえ武士の集団であっても、盗賊や辻斬りとして捕らえ御定法で裁けるなら、それに越したことはないのである。

「ですが、御救党はただの盗賊ではありませぬ。武士集団のようですし、なかに剣の手練もいるようです」

茂蔵は、岩井の片腕のような男だった。ときには、岩井に対し自分の考えを述べるようなこともあった。

「うむ……。探っているだけでは、手ぬるいともうすか」

岩井は、いっとき思案するように視線を虚空にとめていたが、顔を上げて、

「ひとり捕らえて、拷問《せめ》にかけるか」と、低い声でいった。

「それがよろしいかと」

「よし、何とかひとり捕らえろ。ここの拷問蔵《せめぐら》で口を割らせよう」

岩井は、手にした碁石を碁盤の上にばらばらと落としながらいった。目に酷薄なひかりが宿っている。

亀田屋には、買い取った贈答品を保管する蔵がふたつあった。ひとつは、茂蔵が亀田屋を買い取ってから新しく建てたもので、実際に多くの品物を保管している。もうひとつは古くからあった蔵で、屋根瓦が落ち漆喰《しっくい》の壁の一部もくずれていた。とても、商品を保管できるような蔵ではない。

奉公人はそれとなく解体するよう進言したが、茂蔵は、

「そうですが、壊すのは惜しい。雨露は凌《しの》げますからな、それに、古道具や家具ならしまっておけますよ」

そういって放置したのである。むろん、茂蔵の肚《はら》は拷問蔵として利用するためであった。

以後、その蔵には錠が付けられ、奉公人も出入りすることなく、外見上は荒れるにまかせ

てあった。ときに、その蔵のなかで凄惨《せいさん》な拷問がおこなわれたが、そのことを知っているのは数人の影目付と万吉だけである。

「承知しました」

茂蔵は低頭した。そして、ふたたび岩井と顔を合わせた茂蔵は、その福相に献残屋の主人らしいおだやかな表情を浮かべていた。

8

岩井は亀田屋を出ると、足を八丁堀にむけた。自分でも町方の動きを探ってみようと思ったのである。

岩井は八丁堀に屋敷のある北町奉行、吟味方与力、内藤槙之介《ないとうしんのすけ》と昵懇《じっこん》だった。岩井は少年のころから二十代半ばまで、本郷にある中西派一刀流の沼田道場に通っていたが、内藤とは同門だったのだ。ふたりは同年齢で入門し、しかも時期がちかかったため、とくに親しくなった。

岩井が父の跡をついで勘定方に出仕してから道場をやめ、内藤との親交も途絶えたが、その後、御目付に昇進すると、また顔を合わせるようになった。旗本や御家人などがかかわった事件のおり、それとなく内藤に探索の様子を訊いたりしたのだ。

岩井は八丁堀川沿いの道を歩き、中ノ橋を渡って八丁堀に入った。しばらく町家のつづく通りを歩くと、亀島川の河岸へ出た。亀島川は八丁堀と霊岸島の間を流れており、日本橋川につながっているせいもあって、俵《たわら》や叺《かます》などを積んだ猪牙舟が行き交っていた。

七ツ（午後四時）過ぎであろうか。岸辺につづく町家の影が長く伸び、川面は鴇色《ときいろ》の夕日に染まっていた。

岩井は河岸沿いをしばらく歩くと、左手にまがった。町家はすぐにとぎれ、与力の組屋敷のつづく通りに出た。与力の拝領屋敷は二、三百坪で、冠木門《かぶきもん》である。通りに沿って、同じような門構えの屋敷がつづいている。

岩井は内藤の屋敷のすこし手前で、足をとめた。路傍で待つつもりだった。与力が勤めを終えて奉行所を出るのは、通常七ツごろと聞いていた。まだ、内藤は奉行所からもどっていないだろう。それに供も連れず、小袖に袴というくつろいだ姿で他家を訪問する気にはなれなかったのだ。

しばらく待つと、通りの先に、若党、草履取、槍持ちなど数人を従えた武士の姿が見えた。大柄でどっしりとした体軀《たいく》に見覚えがあった。内藤である。

内藤は、岩井の姿を見て、驚いたように足をとめた。深編笠を手にしていたこともあって、牢人と見たようだ。

だが、すぐに岩井と分かったらしく、苦笑いを浮かべて近寄ってきた。

「どうした、その格好は」

内藤は同門だったころの口調でいった。

「碁を打ちにな。ちかくに来たので、おぬしの顔を見ようと足を延ばしたのだ」

岩井も顔をくずしていった。

「そうか、ともかく、入れ」

「いや、いい陽気だ。歩きながら話そう」

他人に聞かせたくない話だった。それに、突然の訪問で内藤の妻女にいらぬ気を使わせたくもなかった。

「そうか。……すこし、待ってもらえるか。この格好では、そぞろ歩きという気分にはなれぬ」

内藤は茶の肩衣《かたぎぬ》と同色の平袴だった。通常の出勤時の衣装である。

岩井が同意すると、内藤はすぐに供とともに屋敷に入り、小半刻（三十分）ほどすると、小袖に袴というくつろいだ格好で出てきた。

「話というのは、なんだ」

歩きながら、内藤が低い声で訊いた。

いかつい顔が、けわしくなっていた。内藤は、岩井が特別な話があって来たことを承知しているようだ。

「江戸市中を騒がせている御救党のことでな」

岩井の物言いはやわらかかった。

「盗賊を探索することが、おぬしの任なのか」

内藤はギョロリとした大きな目で岩井を見た。

岩井が御目付を罷免された後、幕閣の意向でひそかに隠密のような任についていることを、内藤は気付いていた。ただ、老中、松平信明の下で動いていることや影目付と呼ばれていることまでは知らない。

「いや、おれは小普請組でな」

岩井はとぼけた。

「ならば、盗人のことなど気にかけることはあるまい」

「まァ、そうだが。一味が武家集団のようなのでな、むかしの役柄上、気になったのだ」

「だが、夜盗だ。おぬしが、何をしているかは知らぬが、これは町方の仕事だぞ」

内藤は、岩井の心底を探るような目をむけた。

「分かっているが、ただの夜盗ではないようだぞ。このままだと、江戸の治安は乱れ、お上のご威光にも疵《きず》がつく」

「うむ……」

内藤は苦虫を嚙み潰したように顔をゆがめた。

「それに、奪った金がどう使われているのかも気になる」

「大金を手にした盗賊は、まず、女や博奕《ばくち》に使うのだが、なかなか尻尾を出さん」

内藤は、同心たちが手先を使って岡場所や賭場を洗っていることをいい添えた。

ふたりは、亀島川沿いの通りを歩いていた。

暮色が辺りをつつみ、通りはひっそりしていた。すこし風があった。足元から汀《みぎわ》に寄せるさざ波の音が聞こえてきた。

「一味は押し込みだけでなく、辻斬りにも手を染めたようだな」

岩井がいった。

「うむ……」

「それで、目星はついているのか」

「まだだ。……だが、町方は手をこまねいて見ているわけではないぞ。ちかいうちに尻尾をつかむさ」

内藤の声には苛立ったようなひびきがあった。

「そうか」

どうやら、町方も一味の相次ぐ犯行に手を焼いているようだ。

内藤は川岸で足をとめ、夜陰につつまれ始めた川面に目をやった。物思いに沈んでいるかのように、凝《じっ》としている。岩井も並んで立って足元に目を落とした。川面が月光を映して、揺れながら青白くひかっている。

「岩井」

と、言葉をあらためて内藤がいった。

「御救党は町方が捕縛する。それまで、手を出さんでくれ」

川面を見つめた内藤の目が、白く底びかりしていた。

「分かった。しばらくお手並み拝見といこう」

岩井は独言のようにいった。

第二章 辻斬り

1

茂蔵が帳場の大福帳をめくっていると、万吉が戸口から入ってきた。店内に視線をまわし、他の奉公人がいないのを確認すると、

「旦那さま、お耳を」

と、小声でいった。何か聞き込んできたようである。

「どうしました」

すぐに、茂蔵は腰を上げて土間の方へ近寄った。

「昨夜《ゆうべ》、根岸《ねぎし》屋に御救党が押し入ったそうですよ」

「根岸屋というと、小網町の米問屋か」

日本橋、小網町に根岸屋という大店があった。

「へい、奉公人が三人も斬られたそうで。……今朝、通りかかったぼてふりから耳にしましたんで」

「早いな」

まだ、六ツ半（午前七時）ごろだった。町方も多くは、知らないだろう。

「そりゃァもう、あっしは耳がいい方で」

皺《しわ》の多い万吉の顔に、満足そうな表情が浮いた。だれよりも早く、茂蔵の耳に入れられたことが嬉しいらしい。

「足も使わせちゃァ悪いが、一っ走り行って、左近さまに知らせてくれるかい」

茂蔵は左近にも現場を見てもらいたいと思った。甚兵衛店のある小舟町と小網町はちかいが、長屋の住人と交流の少ない左近の耳には入っていないだろう。

「承知しやした」

そう言い置くと、万吉は飛び出していった。まだ、足腰も丈夫なようである。

茂蔵は、奉公人たちに得意先をまわってくる、とだけ話して店を出た。晴天だった。初夏らしいさわやかな風も吹いている。

京橋を渡り日本橋通りへ入ると、急に賑《にぎ》やかになった。供連れの武士、ぼてふり、大八車で荷を運ぶ人足、僧侶、町娘……。様々な身分の老若男女が行き交っている。

茂蔵は通行人の間を縫うようにして歩いた。やがて、前方に日本橋が見えてきた。高札場のある橋のたもと辺りはさらに人出が多く、通行人や物売りなどで騒然としていた。茂蔵は人混みを足早にぬけた。日本橋を渡り、日本橋川沿いの道を東にむかうと小網町はすぐである。

……あそこだ。

川沿いの道に面して土蔵造りの根岸屋があった。表戸は閉じたままだが、店の前に人垣ができている。近所の住人であろう、店者《たなもの》に混じって女子供の姿もあった。その人垣のなかに牢人体の男がいた。左近である。近くに、万吉の姿はなかった。左近に知らせて、そのまま店にもどったのであろう。

「左近さま、どうです、なかの様子は」

茂蔵は左近に近寄って、小声で訊いた。

「分からん。おれも、いま来たところだ」

左近は人垣の間から店に目をやった。

隅のくぐり戸があいていたが、暗くてはっきりしない。ちらちら人影が動いている。店の奉公人と町方の手先らしい。まだ、奉行所の同心は到着していないようだ。

「なかを見たいが……」

左近が左右に首をまわしながらいった。

「それはまずいでしょう」

いくらなんでも、店内に入って見るわけにはいかない。

「茂蔵、あそこから裏手にまわれるぞ」

左近が店の右手の方を指差した。店舗の脇に木戸があり、そこから土蔵のある裏手へ行けるようだった。

「戸はあきますかね」

「さきほど、職人らしい男が入っていったぞ。物見高い近所の者たちが、入り込んでいるようだ」

そういうと、左近は木戸の方へ歩き出した。後に、茂蔵も跟《つ》いていった。

戸は簡単にあいた。店の裏口と土蔵との間に狭い庭があり、つつじの植え込みの陰から男が五、六人、身を寄せ合って裏口を覗いていた。木戸から入り込んだ野次馬らしい。

裏口の引戸はあいたままだった。台所になっているらしく、女中や丁稚《でっち》らしい若い男の姿が見えた。後ろ向きなので、何をしているか分からなかった。

「根岸屋さん、とんだ災難でしたね」

茂蔵が、つつじの陰にいた黒の腹掛に半纏を羽織った職人らしい男に声をかけた。

「ああ、三人も斬り殺されたってよ」

男は声をひそめていった。

「御救党ですかね」

「そうらしい」

「三人も斬り殺して、何が御救党ですかね」

「まったくだ。内蔵《うちぐら》が破られ、大金を奪われたらしいぜ」

「賊は何人いたんでしょう」

「そこまでは、分からねえ」

男は首を横に振った。

そのとき、裏口から女中が小桶《こおけ》をかかえて出て来た。土蔵のちかくにある井戸へ水を汲《く》みに来たようだ。

すると、つつじの陰にいた痩《や》せた男が近寄って、おかねさん、おかねさん、と声をかけた。どうやら、女中と顔見知りらしい。近所の住人なのだろう。

「おかねさん、斬られた三人は死んじまったのかい」

男が訊いた。

「ああ……。かわいそうに、三人とも血だらけでね。あたしが見たときには、もう息をしてなかったよ」

おかねは、顔をしかめていった。

「町方は来てるのかい」

「いま、八丁堀の旦那が駆け付けたところさ。わたしは、すすぎの水を汲みに来たんだよ」

そういうと、おかねは釣瓶《つるべ》で水を汲み、小桶に移した。

小桶を手にして、おかねが裏口からなかに入ると、入れ代わりに岡っ引きらしい男がふたり姿をあらわし、茂蔵たちのそばに近寄ってきた。

ふたりは聞き込みに来たらしく、つつじの陰に集まった野次馬にひとりひとり声をかけて話を聞いていた。

茂蔵と左近は、そのやり取りに耳をかたむけたが、たいしたことは分からなかった。それでも、昨夜、子ノ刻（午前零時）過ぎ、悲鳴を聞いたという者がいたので、賊の侵入したのはそのころと分かった。さらに、明け方、手代のひとりが通りへ飛び出してきて大声で助けを求めた、と口にした者もいた。

茂蔵と左近にも、茂六《しげろく》という岡っ引きが声をかけた。茂蔵が、近所の者だが、様子を見に来ただけだと答えると、苦々しい顔をして次の男の方に顔をむけた。

すると、左近が、訊きたいことがある、といって、茂六に近寄った。

「なんです」

茂六は警戒するような目を左近にむけた。

「おれは、神道無念流を学んでいる宇田川という者だが、過日、八丁堀川のそばを通りかかったおり、辻斬りに斬られた者を見たのだがな」

左近は正直に名乗った。

「それで」

「聞くところによると、根岸屋でも三人斬られているとか。その斬り口を見せてもらえば、同じ手にかかったかどうかは分かるが、どうだな」

「へえ……」

茂六は目を剝いて、左近の姿を見ていたが、ちょいと、訊いてきやすから、ここにいてくだせえ、と言い置いて、裏口へ引き返した。

いっときすると、茂六がもどってきて、

「見るだけなら、いいそうで」

と、小声でいって、左近を連れていった。

茂蔵は、いっしょについていくわけにもいかなかったので、その場を離れた。店に出入りしている人足か船頭でもつかまえて様子を訊いてみようと思ったのである。

2

左近は表にまわり、くぐり戸からなかに入った。なかは薄暗かったが、格子戸があいていたので、灯明が欲しいほどではない。

帳場に数人の岡っ引きらしい男に混じって、定廻り同心の楢崎がいた。入ってきた左近の顔を見ると、思い出したらしく、

「おぬし、昨日、八丁堀川にいたな」

そういって歩を寄せて来たが、無愛想な顔のままである。

「宇田川左近でござる」

左近は目礼し、草履を脱いで帳場に上がった。

帳場格子の前の板敷きの間に、男がひとり倒れていた。もうひとり、奥の座敷につづく廊下にもつっ伏したまま動かない男の姿があった。

「斬り口を見れば、あのときと同じ手か分かるそうだな」

楢崎は、疑わしそうな目をむけていた。

「いかにも」

左近は帳場格子の前に倒れている男のそばに近寄った。

そばに立っていた岡っ引きと店の主人らしい男が、後ろに引いて場所をあけた。

小桶で撒《ま》いたように、激しく周囲に血が飛び散っていた。そのどす黒い血海のなかに、壮年の男が仰臥していた。男は目をカッと見開き、何かに嚙みつこうとしているかのように歯を剝いていた。薄闇のなかで、男の目と歯が白く浮き上がったように見える。

無残な死骸だった。首筋が深く抉《えぐ》られ、頸骨が覗いていた。刀身を横一文字に払った傷である。首の血管《ちくだ》を斬ったため、激しく出血したようだ。

……薬研堀の辻斬りと同じ手かもしれん。

左近は、弥之助が、首筋を横に一太刀、正面から払ったような傷、と話していたのを思い出した。

男は、寝間着の上に羽織だけひっかけていた。何か物音でも聞いて、様子を見に寝間から帳場に出てきて賊に斬られたのであろうか。

左近の脇に立っていた主人らしい男が、あるじの杢兵衛《もくべえ》にございます、と名乗った後、

「殺されたのは、番頭の久蔵《ひさぞう》です」

と、小声でいった。

「それで、斬った者のことで何か分かったのか」

楢崎が訊いた。

「なかなかの遣い手だ。……八丁堀川の殺しとはちがう。いままでに、首筋を斬られた事件はないか」

左近は薬研堀の辻斬りのことは口にしなかった。そこまで話すと、一連の事件を探っていると勘ぐられかねない。

楢崎は、ハッとしたような顔をしたが、

「首筋な。覚えがねえが……」

と、とぼけた。通りすがりの痩せ牢人に、別の事件のことまで話すことはないと思ったようだ。

「いずれにしろ、正面から踏み込み一太刀で首を斬るのだから、尋常な遣い手ではないようだ。下手人と顔を合わせるようなことがあっても、迂闊《うかつ》に手を出さぬ方が賢明かもしれませんよ」

「いらぬお世話だ」

楢崎は憮然《ぶぜん》とした顔をした。

「ほかの死骸《ほとけ》も、見てもかまいませんか」

左近は、おだやかな声音で訊いた。

「見るだけだぞ」

楢崎は、むこうだ、というふうに、廊下の方を顎でしゃくった。

こちらも寝間着姿のままつっ伏していた。寝間着が裂け、右の肩口から背中にかけて、深い刀傷があった。寝間着がどっぷりと血を吸っている。

……同じ手だ！

八丁堀川の桟橋で見たのと同じ袈裟斬りの傷だった。

「楢崎どの、これは八丁堀川と同じ手ですよ」

左近が断言するようにいうと、

「やはりそうか。おれも、こっちは同じと見たのだ」

楢崎が大きくうなずいた。

そのとき、後ろから跟いてきた李兵衛が、手代の利之助《りのすけ》でございます、と小声でいった。

「もうひとりは」

左近は、三人殺されたと聞いていた。

「内蔵の前に、やはり手代の松次郎《まつじろう》が」

そういって、李兵衛は左近と楢崎を案内した。

利之助の倒れていた廊下を真っ直ぐ進むと、突き当たりに内蔵があった。ちいさいが土蔵造りで頑丈そうな引戸がついていたが、あいたままである。その引戸の前に、男がひとり倒れていた。

「松次郎は、賊に脅され内蔵まで案内して鍵をあけたようです。その後、用済みになって、斬り殺されたらしいんです」

杢兵衛が声を震わせていった。金を奪われた悔しさと奉公人を三人も殺された無念さが胸に込み上げてきたようだ。

松次郎もつっ伏していたが、背中から刺されたらしく、ちいさな傷とわずかな血痕があるだけだった。ただ、心ノ臓まで深く刺されているところを見ると、凶器は刀であろう。

「こちらは背後から刺された傷だ。他のことは分からん」

左近はそういって、蔵のなかを覗いた。真っ暗である。賊は、ここから金を運び出したようだ。

左近が杢兵衛に奪われた金のことを訊いてみようと、顔をむけると、楢崎がふたりの間に割って入り、

「宇田川氏、そろそろ引き取ってもらおうか。……ここから先は、町方の仕事なんでな」

と、顔をしかめていった。

取り付く島がない。仕方なく、左近はその場に杢兵衛と楢崎を残して帳場の方にもどった。

戸口ちかくにいた手代のひとりに、それとなく訊くと、奪われた金は千二百両ほどだと声をひそめて答えた。

表通りに出ると、茂蔵が待っていた。

「どうでした、なかの様子は」

茂蔵が小声で訊いた。

「やはり、同じ手だったよ」

左近はすくなくとも、八丁堀川の辻斬りと薬研堀のそれは別人で、ふたりの手練が賊にくわわっていたことはまちがいないといった。

「奪われた金は、千二百両ほどだそうだ」

「それだけの金があれば、大勢の窮民を救えますな。……ですが、殺された三人にとっては、御救党どころか、地獄の鬼でしょうよ」

茂蔵が腹立たしそうにいった。

ふたりは、八丁堀の方にもどりながら話した。店のくぐり戸から出てきた岡っ引きが、立ち話をしているふたりに不審そうな目をむけていたからである。

「それで、そっちもなにか知れたか」

歩きながら左近が訊いた。

「はい、ちょうど、長年根岸屋で下働きをしているという男が表に出てきましてね。その男から聞けたんですよ」

茂蔵が話したことによると、賊は、台所付近の板戸をはずして侵入したという。

「それに、裏手の板塀が一枚はがされていましてね。そこから敷地内に入ったんでしょう」

「押し入った賊が、手代の松次郎に内蔵まで案内させて鍵をあけさせ、金を奪ったことはまちがいないようだ」

左近がいった。

推測だが、物音を聞いて様子を見にきたか、あるいは厠《かわや》にでもいくつもりで起きたのか、いずれにしろ賊のいる帳場へ姿を見せた久蔵、利之助、松次郎のうち、いいなりになった松次郎に内蔵の鍵をあけさせたようだ。三人を殺したのは、口塞《くちふさ》ぎのためであろう。

「殺された三人のほかに、賊を見た者はいないのか」

左近が訊いた。

「はっきりしませんが、春吉《はるきち》という丁稚が見たそうです」

春吉は厠に起きたが、物音と呻き声を聞いて押し込みが入ったと気付き、怖くなって明け方まで厠のなかに隠れていたという。

「春吉は厠の戸の隙間から廊下を覗いて、賊が通り過ぎるのを見ただけのようです。暗がりなので、人相はもちろん身装《みなり》もはっきりしなかったようですが、人影は武士らしかったそうです。それに、七、八人はいたようだと。……賊の去った後、春吉が騒ぎ出して店の者も気付いたようです」

「大勢だな」

御救党には、すくなくとも七、八人の武士がくわわっていることになる。しかも、ふたり以上の手練がいるのだ。

「食いつめ牢人や徒者が、徒党を組んだのではないかもしれませんよ」

「おれも、そう思う」

「町方には、荷が重いかもしれません」

「そうだな」

ふたりは、日本橋通りの雑踏のなかを歩いていた。

しばらく話をせずに歩いたが、京橋を渡ったところで、

「岩井さまのお指図通り、ひとり捕らえて口を割らせたいものですな」

茂蔵が、つぶやくような声でいった。

3

燭台の炎が揺れていた。障子はしめてあったが、どこからか風が入ってくるらしい。すでに、五ツ（午後八時）を過ぎていようか、屋敷内は森閑として、ときおり廊下を歩く足音が聞こえるぐらいである。

岩井は、松平信明の上屋敷の書院で端座していた。

岩井は松平家の用人の西田に連絡を取り、伊豆守さまのお耳に入れたいことがある、と伝えると、信明の下城後に屋敷に来るよう指示されたのである。

いっとき待つと、廊下を歩く重い足音がし、障子があいた。西田をしたがえて、信明が姿を見せた。鮫小紋の小袖に角帯、白足袋というくつろいだ格好だった。

信明はせわしそうに座敷に入って来ると、岩井の前で膝を折り、

「待たせたかのう」

と、微笑を浮かべていった。西田は、ふたりが対座するのを見届けると、すぐにその場から姿を消した。ふたりだけで、話したいということを知っているのだ。

「伊豆守さまにおかれましては、お疲れのところ、お目どおりいただき恐縮至極にございま

す」

　岩井はかしこまって平伏した。

「よい、楽にいたせ。……それで、わしに何か話があるそうじゃな」

　信明は微笑を消して訊いた。

「はい、過日、根岸屋なる米問屋に御救党が押し入ったことは、ご存じでございましょうか」

「聞いておる」

　信明の顔に不満そうな表情が浮いた。やはり、御救党の跋扈《ばっこ》は執政者にとって憂慮すべきことなのだろう。

「城内では、どう取り沙汰されておりましょうか」

　岩井は幕閣の間にどう伝わっているか、聞いておきたかった。

「その件もあってな、出羽（水野出羽守忠成）などが盛んにいいたてておる。ちかごろ、江戸市中が騒がしく、天明のころの騒擾《そうじょう》が再発するのではないかなどと煽《あお》っているようなのだ」

「天明の打壊し……」

　天明のころの騒擾とは、天明七年（一七八七）に江戸、大坂をはじめ全国で発生した米屋や豪商を襲った打壊しのことである。この打壊しにより、責任を取るかたちで残っていた田沼派が一掃され、松平定信が老中に就任し、寛政の改革が始まったとされている。

「出羽らはな、世の乱れは、わしら執政者の責任だといいたいのだよ」

信明は苦々しい顔でいった。

どうやら、忠成は一連の事件の非難の目が幕政をになっている信明たちにむくよう、陰で扇動しているようである。

「それで、奪った金はどうなった」

信明が訊いた。

「わずかな銭が、先の丙寅の大火で焼け出された者や浮浪人などに配られたようでございます。ただ、それも数両だけで、奪った金のほとんどは賊が握っております。わずかな施しで、義賊の名を得ようとする目論見《もくろみ》かと」

「そうであろうな。それで、町方はどうしておる」

信明の顔から苦々しい表情が消えなかった。

「懸命に探索をつづけているようですが、いまだに、一味の正体もつかめぬ有様でございます」

「岩井、乗り出してもよい件かもしれぬな」

信明の顔に、幕府の屋台骨を背負う男らしい重い表情が浮かんだ。ただ、岩井を見つめた双眸が燭台の火を映じて熾火《おきび》のようにひかり、背筋を寒くさせるような凄味も感じさせた。

「心得ております」

岩井も、根岸屋が襲われ、三人の奉公人が斬殺されたと聞いてから、早く始末した方がいいと思っていた。だが、容易ではない。御救党はただの盗人集団ではない。何者かによって組織され、剣の手練もくわえた屈強の武士集団らしいのだ。影目付にとって、おそるべき敵だった。

「伊豆守さま、旗本がふたり江戸市中で、辻斬りに斬られたことはご存じでしょうか」

岩井は別のことを話題にした。

「それも、聞いておる。勘定方と御小納戸だそうだな」

「はい。……その辻斬りも御救党のようでございます」

「なに、それもか」

信明は驚いたように目を剝いた。

「幕府の要職にある旗本がふたりとなると、偶然とは思えませぬ。なにか、勘定方と御小納戸で特別な動きがございましたでしょうか」

「とくに変わった動きはないが……」

そういって、信明は視線を虚空にとめていたが、何か思い出したように顔を上げ、

「そういえば、勘定組頭の羽黒宗右衛門《はぐろそうえもん》を勘定吟味役に推挙するという話があるな。その話を持ち出したのが、出羽ということだが……」

そういって、思案するように首をひねった。

勘定吟味役というのは、勘定奉行配下の各職を監察糾弾する目付的役職である。重要な役儀で、これを務めた者は勘定奉行、二の丸留守居などに昇進し、やがては幕閣の中枢への要職も見えてくる。

「羽黒宗右衛門……」

三十半ばで、やり手と噂されている男だった。だが、とくに羽黒が忠成と接近しているような噂は聞いていなかった。

ただ、忠成が羽黒を推挙するというのが気になった。

「羽黒は、機に乗ずるのが巧みな男とか」

信明は小声でそういっただけで、口をつぐんだ。それ以上のことは知らないのだろう。

それから半刻（一時間）ほど、岩井と信明は御救党のことや幕閣の動きなどを話したが、さしたる収穫はなかった。

「岩井、いま幕府の屋台骨は揺らいでおる。田沼のころの悪政にもどせば、盗賊の跋扈や打

壊しだけではすむまい。いずれ、天下を揺るがすような大変動が起ころう」

「いかさま」

「その芽は早いうちに摘まねばならぬ。ひそかに、闇のなかでな」

信明は自分自身に言い聞かせるような口調でいった。

「ハッ」

岩井は平伏した。

信明の立ち上がる気配がし、畳を踏む足音が遠ざかっていった。

4

道場のなかには、むっとするような熱気があった。すでに、稽古を終えていたのだが、風がなく汗の臭いと暑熱が充満している。

神田小柳町にある鏡新明智流《きょうしんめいち》の横瀬《よこぜ》道場だった。鏡心明智流は、安永のころ桃井八郎左衛《もものいはちろうざえ》門《もん》が開創し、日本橋茅場町に士学館《しがくかん》をひらいて流名をひろめた。さらに、二代目桃井春蔵が南八丁堀アサリ河岸に道場を移してから多くの門人が集まり、一刀流や神道無念流などとともに、江戸で隆盛をきわめていた。

横瀬貞次《さだつぐ》は、アサリ河岸の士学館の高弟だった男で、独立してこの地に道場をひらいたのである。

道場のなかには、まだ数人の門弟が居残っていた。稽古は終えたが、防具を片付けながら談笑している者、残り稽古と称して素振りしている者などである。

間中栄之進《まなかえいのしん》は道場の隅に座ったまま稽古着の襟をひろげ、首筋の汗を拭いていた。稽古の後の気怠《けだる》さと空腹とで、なかなか腰を上げる気になれなかったのである。そこへ、兄弟子の佐野一平《きのいっぺい》が近寄ってきた。

「間中、腹が減ったな。めしでも食って、帰らぬか」

「はあ……」

間中はすこし顔を赤くして返事をにごした。

そうしたいのは山々だったが、ふところが寂しいのである。間中は五十石の御家人の冷や飯食いだった。しかも、昨年の大火で屋敷がやけ、いまは茅屋《ぼうおく》に仮住まいの状況でめしを食わせてもらうのも遠慮がちの有様だったのである。

「金のことなら、心配するな。行こう」

「はい」

間中は、勢いよく立ち上がった。

佐野が連れていったのは、同じ小柳町にある福田屋という一膳めし屋だった。まだ、日没には間があったので、店は空いていた。隅の飯台で行商人らしい男がふたり、めしを食っていただけである。

佐野は土間のつづきにある座敷に間中を上げると、めしの前に、一杯やろう、といって、酒と肴を注文した。

間中は二十一歳で、酒の味も知っていたが、こうした場所で飲むのは初めてだった。

「グッと、いけ」

佐野は酒がとどくと、銚子をとって間中の猪口についだ。

いわれたとおり、間中は一気に飲み干した。カッと、空きっ腹に染みわたる。うまいとは思わなかったが、何杯か酌み交わすと、体が熱くなり気分が高揚してきた。

「間中、おまえこのままでいいのか」

佐野が、声をあらためて訊いた。

「どういうことでしょう」

「このまま稽古をつづけて、どうするつもりだ、と訊いているのだ」

「…………」

間中は返答に窮した。どうにもならないことは、自分でも分かっていた。

十三歳で、横瀬道場に入門して八年経つ。入門当時は剣で身をたてたいと思い、懸命に稽古に打ち込んだ。そして、道場の門弟や同じ鏡新明智流の門人の間では名が知られ、ちかごろは道場主の横瀬ですら一目置くようになった。

だが、それだけのことだった。これから先、稽古をつづけても独立して道場をひらくほどの名声は得られそうもないし、貧乏後家人の倅では道場を建てる金もない。

旗本や御家人の冷や飯食いは、他家に婿に入って身をたてる方法もあるが、間中家のような貧乏御家人にはなかなかその口もない。それに、賄賂や追従で任官や出世が決まる世であれば、剣の腕など何の役にもたたないのだ。

「おれも、おまえと同じような境遇だ」

佐野は顔をしかめていった。

佐野家は七十石、間中と同じ冷や飯食いだった。歳はふたつ上の二十三歳。入門は一年早く、腕は間中とほぼ互角だった。一昨年、佐野には師範代の噂もあったのだが、いまの師範代の郡司《ぐんじ》兵馬《ひょうま》の腕が並外れており、その話はたち消えになってしまったようだ。

「だが、おれはこのままでは終わらぬ。かならず、一旗揚げてやる」

佐野は語気を強くした。面長で鼻の高い顔がどす黒く染まり、般若《はんにゃ》のようだった。酒のせいばかりではない。だいぶ、気が昂《たかぶ》っているようだ。

「間中、見ろ」

ふいに、佐野がふところから財布を取り出し、間中の手に握らせた。

ずっしりと重い。見ると、小判が十枚ほど入っている。

「どうしたのです、この金」

間中は驚いた。冷や飯食いの佐野に工面できるような金ではなかった。

「どんなことがあっても、口外せぬと、約束できるか」

佐野が間中から受け取った財布をふところにねじ込みながらいった。

「……………」

無言で、間中はうなずいた。

「おれはある人とともに、秘密の任務についているのだ。……剣を生かすこともできるし、金も手に入る。それに、将来、旗本として召し抱えてもらえる約定もあるのだ」

「旗本に！」

まるで、夢のような話だ。

「だが、ことが露見すれば、その場で腹を切らねばならぬほどの覚悟がいる。どうだ、間中、おまえにそれだけの覚悟ができるか」

佐野は間中を睨《にら》むように見つめていった。顔がこわばり、唇がかすかに震えている。よほどの任務のようだ。

間中はどう返答していいか、分からなかった。剣を生かす秘密の任務とは何なのか。将来、旗本になれるというのだから、公儀の仕事であろう。

ゴクリ、と唾《つば》を飲み込み、間中は佐野の顔を凝視した。

「ある人とは、師範代の郡司どのだ」

「ぐ、郡司どの！」

思わず、間中の声が大きくなった。

「おい、声が大きい。どこで、だれが聞いているか、分からんのだぞ」

「は、はい……」

間中は首をすくめ、声を低くした。

「どうだ、それだけの覚悟ができるか」

「できます」

郡司も同じ任務についているとなると、いい加減な話ではない。後ろ盾もしっかりしているはずだ。

「それなら、会わせよう」

「だれに」

「むこうへ行けば分かる」

佐野は小声でいうと、猪口の酒を飲み干し、おやじ、めしを頼む、と、板場の方にむかって声を上げた。

5

佐野と間中は町家のつづく通りを東にむかって歩き、日本橋高砂町に出た。暮れ六ツ（午後六時）ちかくで、家々の軒下や物陰を夕闇がつつみ始めていた。佐野は急に無口になって、ほとんど口をきかなかった。

掘割沿いの道をしばらく歩いたとき、佐野が足をとめ、

「あそこだ」と、小声でいった。

指差した先を見ると、黒板塀をめぐらせた仕舞屋《しもたや》があった。左右は空地になっていて、丈の高い雑草や笹が生い茂っている。空地の先には町家や長屋などがつづいていたが、寂しい場所だった。

「間中、引き返すならいまだぞ」

佐野は枝折《しお》り戸の前で立ち止まって、後ろを振り返った。

「い、行きます」

ここまで来たのだ。どのような相手であれ、入るより他にないではないか。

佐野はひとつうなずくと、枝折り戸を押して入っていった。間中は黙って跟《つ》いていく。

引戸をあけ、八番、入ります、と奥に、声をかけてから、佐野は草履を脱いだ。返事はなかったが、なかに何人かいるらしく、くぐもったような声が聞こえてきた。

縁側に面した座敷に、八人の武士が座していた。隅に郡司もいた。郡司は間中と顔を合わせると、ちいさくうなずいたが、何もいわなかった。

障子のそばに膝を折った佐野が、

「以前、話に出た間中栄之進を同行いたしました」

と、間中を紹介した。すでに、ここに座している武士たちの間で、間中のことが話題になったらしい。

「間中栄之進にございます」

間中は座敷に両手をついて低頭した。

一斉に視線が間中に集まったが、男たちはほとんど表情は動かさなかった。ひとりだけ、右手奥に座していた男が、黒覆面で顔を隠していたが、他は御家人の子弟か、牢人と思われる者たちだった。

いずれも武術を身につけた者らしい。剽悍な面構えで、胸が厚く腰の据わっている者が目につく。どのような集団なのか。なかに、顔に陰湿な翳《かげ》がはりついている者や殺気だった目をしている者もいた。

「間中とやら、しばし待つがよい」

右手奥に座している黒覆面の男が、くぐもった声でいった。どうやら、座した男たちのなかの中心的な人物らしい。黒羽織に、納戸色の小袖と同色の袴。他の武士に比べて身装《みなり》がとのっている。江戸勤番の藩士か、小身の旗本のような感じがした。

「米原彦三郎《よねはらひこさぶろう》さまだ」

佐野が小声で教えてくれたが、間中は初めて聞く名だった。

いっとき待つと、戸口のあく音がし、恰幅のいい武士が供侍をひとり連れて入ってきた。紹羽織に小紋の小袖。大小の柄は鮫皮を着せた見事な拵えだった。

身分のある武士なのであろう、座敷にいた武士たちは一様に低頭して、恰幅のいい武士を迎えた。佐野と間中も、同じように頭を下げた。

正面に座した武士は、よい、楽にいたせ、とおだやかな声音でいい、間中の方に顔をむけると、

「新顔のようだな」と、米原に訊いた。

「間中栄之進。やはり、御家人の次男で、鏡新明智流の達者だそうでございます。九番ということになりましょうか」

米原が、そう紹介した。

どうやら、ここに集まった男たちには番号がついているようだった。間中は佐野の次ということのようだ。

「そうか、間中とやら、頼むぞ」

「ハッ」

間中はかしこまって平伏した。

「どうじゃ、ことはうまく運んでいるか」

恰幅のいい武士は、視線を一同にまわしながら訊いた。

「殿、れいの件も計画通りにいきましたぞ」

米原が目を細めていった。

殿、と呼んだところをみると、米原はこの武士の家臣のようだ。大名がこのような場所にあらわれるはずはないので、大身の旗本ではあるまいか。

「それは、よい。……こちらもうまくいっておる。そのうち、そちたちにも吉報を伝えることができよう」

恰幅のいい武士がそういうと、座した武士たちの間にどよめきが起こり、それはいい、やりがいがあるというものだ、などと私語が聞こえてきた。

いっときして、座が静まったところで、

「して、町方の動きはどうじゃ」

と、恰幅のいい武士が訊いた。

「ご懸念にはおよびませぬ。まったく、われらに気付いておりませぬ」

「それはよい。だが、油断はすまいぞ。その方らの身辺には、町方や公儀の目がひかっていることを忘れてはならぬぞ。言動をつつしむことはむろんのこと、いままでの暮らしぶりを変えてはならぬ」

恰幅のいい武士の言葉に、威圧的なひびきがくわわった。

集まった武士たちは、一様に低頭した。佐野も間中も同様に頭を下げた。

その後、恰幅のいい武士は、老中の松平信明や太田備中守資愛《すけよし》などの名を出して、昨年幕府が課した御用金や蝦夷地周辺へ出没するロシヤ船の話などをした。

そして、しばらく、幕閣や大奥のことなどを話題にしていたが、

「……世は動いておる。その方たちが日の目を見るのも、そう遠い先ではないぞ」

そういって、腰を上げた。

恰幅のいい武士を送り出した後、一同は、元の場所にもどって座した。すると、米原が立ち上がり、当座の軍用金に、といって、九人の膝先へ二両ずつ置いた。

間中が戸惑っていると、

「もらっておけ」

と、佐野が耳打ちした。

見ると、佐野をはじめ集まった武士たちは、無言のまま小判を手にしてふところにしまっていた。

「まず、おれから帰らせてもらうぞ」

そういって、ひとりの武士が立ち上がった。

鼻梁が高く、双眸が猛禽を思わせるように鋭い。長身だが、首が太く腰もどっしりとしていた。手にした黒鞘《くろさや》の大刀は粗末な拵えだったが、諸捻巻《もろひねりまき》の柄といい飾りのない丸鍔《まるつば》といい実戦的な刀の感じがした。身辺に、剣の手練らしい落ち着きと威風をただよわせている。

「あの方は」

間中が小声で訊いた。

「名は知らぬ。一番の方だ。腕は郡司どのより上だと聞いている」

「郡司どのより上……」

横瀬道場では、郡司が出色だった。その郡司をしのぐ腕だという。間中は畏敬の目で、去っていく男の後ろ姿を見送った。

つづいて、ひとり、ふたりと座敷を出ていく。どうやら、人目につかぬようすこし間を置いて出ていくようだ。

郡司も腰を上げた。間中と佐野の方に目をむけ、ちいさくうなずいたが声もかけなかった。米原ひとりを座敷に残し、間中と佐野は最後に仕舞屋を出た。

外は降るような星空だった。堀端から蛙の鳴き声が聞こえた。涼気をふくんだ川風が流れている。

「紹羽織を召したお方はどなたです？」

歩きながら間中が訊いた。

「おれも名は知らぬ。米原さまをはじめ、あの場にいた方々は、殿と呼んでいるようだ」

「すると、あの場にいたのは、あの方の家臣ですか」

「そうではない。おれや郡司どのが、家臣でないことはおまえも知ってるだろう。米原さまがそう呼ぶので、真似ているだけだ。……身分は分からぬが、執政の座にあられるお方であることはまちがいない」

間中もその口振りから、幕政の中核にいる人物であろうことは察せられた。

何者であろうか。それにしても、異様な密会だった。間中は、何かとてつもないことをたくらんでいる集団のような気がした。

「ところで、佐野さん、おれたちは何をすればいいんです」

間中は不安になって訊いた。

それらしい話はいっさいなかった。ただ、ひどく町方や公儀の目を恐れていることから、いま、江戸市中を騒がせている御救党ではあるまいか、との思いが、間中の脳裏をかすめたが、はっきりしなかった。

「とりあえず、おれと組んで、斬ることになろうな」

佐野は声を低くし、するどい目をむけた。

「き、斬るって！　だれを」

間中の足がとまった。喉のひき攣《つ》ったような声が出た。

「うろたえるな。まだ、おれにも分からん」

佐野の声に、叱咤するようなひびきがくわわった。

「し、しかし」

「誅殺だよ。このいまいましい境遇を打破するためだ」

「誅殺！」

「そうだ。この剣を生かして、世を変えるのだ」

佐野は熱っぽい口調でいった。夜陰を睨んだ双眸が、燃えるようにひかっている。

6

「あら、旦那、いらっしゃい」

岩井を、女将《おかみ》のお静《しず》が出迎えた。

柳橋にある老舗の料理屋、菊屋《きくや》である。それほど大きな店ではなかったが、静かなのと料理が旨《うま》いのが気に入って、岩井は御目付の職にあったころから利用していた。

「お蘭《らん》を、呼んでもらえるかな」

「はい、はい、お蘭さん、ちかごろ旦那が姿を見せないので、寂しがってましたよ」

お蘭というのは、岩井が馴染《なじ》みにしている芸者である。

岩井は、二階の隅の桔梗《ききょう》の間に案内された。四畳半と狭いが、離れのようになっていて、ひとりのときは、いつもその座敷を頼んでいた。岩井は何もいわなかったが、お静は気を利かせていつもの座敷に通したらしい。

お静を相手に、小半刻（三十分）ほど、酒をかたむけたとき、廊下を歩く衣擦《きぬず》れの音がし、障子があいた。

お蘭だった。うりざね顔で、細い切れ長の目。ほっそりした年増で、透けるように白い肌をしている。中着の紅色の桜模様が透けて見える黒の薄物、紫地の帯、裾から赤い蹴出しが覗き、なんとも色っぽい。

お蘭が、岩井の脇に腰を下ろしたところで、お静は、ごゆっくり、と言い置いて、座敷を出ていった。

「旦那、おひとつ、どうぞ」

お蘭は銚子を手にして、岩井の方に膝を寄せた。

「お蘭も、どうだ」

岩井はついでもらった杯を飲み干し、そのままお蘭に手渡した。

お蘭はすなおに酒を受け、一気に飲み干した。酒は強いようで、酔って醜態をさらすようなことはなかった。

しばらく、ふたりで酌み交わした後、

「ところで、お蘭、すこし訊きたいことがあるのだがな」

岩井は、いままでと変わらぬ口調でいった。

「影のお仕事ですか」

お蘭の口元にかすかな微笑が浮き、岩井からすこしだけ身を離した。

お蘭も影目付のひとりだった。もっとも、お蘭は他の影目付とはまったく異なった存在だった。お蘭は武術など何も身に付けていなかったし、探索や尾行が巧みというわけでもなかった。ただの芸者なのである。

お蘭は、武家の娘だった。武家といっても牢人で、父親の牧野《まきの》慎左衛門《しんざえもん》が手跡指南の手伝いなどをして細々と暮らしていたが、お蘭が十六のときに病で倒れた。その牧野の薬代を得るため、お蘭は芸者として働くようになったのである。

客として接した岩井はお蘭の境遇に同情し、何かと面倒を見たのだが、お蘭が芸者になった翌年に牧野は他界し、母親も後を追うように亡くなった。

お蘭は、そのまま芸者をつづけた。身内がなくなったこともあってか、お蘭は岩井に肉親のような情愛を示すようになった。

そして、岩井が影目付の頭として活動し始めてしばらく経ったとき、ある旗本の身辺を調べるため、お蘭に話を聞いたことがあった。それというのも、その旗本が商人から得た賄賂を使って柳橋界隈で遊び歩いていたからである。

「岩井の旦那、あたしに調べさせておくれ」

お蘭は目をかがやかせた。そして、旦那の役にたてるなら、こんな嬉しいことはない、といって、芸者として呼ばれた柳橋界隈の料理屋や料理茶屋などで、旗本の情報を集めてきたのだ。

その後、岩井は影目付のひとりとして、お蘭を使うようになった。使うといっても、お蘭が探索や討伐にくわわるわけではない。柳橋、浅草、本所などの花街で、探索する相手の足取りを確かめたり、噂を集めてきたりするだけである。

「ちかごろ、金遣いの荒い武士はいないか。そう身分の高い者ではないと思うが」

岩井が訊いた。あるいは、御救党が奪った金を遊興に使えば、柳橋や浅草あたりに顔を出す者もいるのではないかと思ったのである。

「さァ、気付かないけど」

お蘭は首をひねった。

「大金を手にした武士のことで、何か噂は聞かないかな」

「聞きませんねえ。旦那、それ、御救党のことでしょう」

お蘭は、探るような目を岩井にむけた。

「察しがいいな。そのとおりだ。きゃつらは、いままでに数千両の金を手にしているはずなのだ。一味は、いずれも武士と見ている。そろそろ、奪った金を使い出すころだと思ってな」

「耳にしないけど……。あたし、探ってみますよ」

お蘭は目をひからせていった。

「頼む。だが、無理をするな。御救党どころか、平気で人の命を奪う残忍な者どもだ」

「ご心配にはおよびません。あたしは、話を聞くだけだから……。旦那、そのかわりときどき、あたしを呼んでくださいよ」

お蘭は甘えるような声でそういうと、銚子をとった。

それから一刻（二時間）ほどして、岩井は菊屋を出た。いい月夜だった。岩井は神田川沿いの道を自邸のある本郷へむかって歩いた。

町木戸のしまる四ツ（午後十時）ちかいだろうか。人影もなく、通りはひっそりとしていた。足元から、汀に寄せる川波の音が妙にはっきりと聞こえてくる。

浅草御門の前を過ぎてしばらく歩いたとき、岩井は背後から走り寄ってくる足音を聞いた。振り返ると、男の姿が見えた。茶の筒袖に同色のたっつけ袴。黒鍬の弥之助である。

「弥之助、どうした」

岩井は足をゆるめた。弥之助は歩調を合わせて、後ろから跟いてくる。

「お頭、御救党らしき武士の所在をつかみました」

「幕臣か」

「はい、根室信太郎《ねむろしんたろう》、御家人の次男にございます」

弥之助は、日本橋堺町の料理屋で身分不相応の散財をしている若い武士がいるという噂を耳にし探ったところ、三日で七両もの金を使ったことが分かった。さらに、女将から話を聞くと、根室は金蔓《かねづる》をつかんでいるので、ふところの心配はないとうそぶいていたという。

「剣の腕は」

「神田、松永町の心形刀流の道場に通い、なかなかの腕だとか」

「伊庭《いば》道場か」

松永町の心形刀流の道場は、代々の道場主が伊庭軍兵衛《ぐんべえ》を名乗っていた。江戸でも名の知れた大道場である。

「はい」

「捕らえて、口を割らせる価値がありそうだな」

「それが、わたしの他にも、根室を追っている者がおりまして」

弥之助は困惑したような表情を見せた。

「ほう、だれだ」

「茂六という男です。日本橋界隈を縄張にしている老練な岡っ引きで、楢崎という定廻り同心から手札をもらっているようです」

「楢崎か。……町方も手をこまねいて見ているわけではないということか」

岩井は茂蔵から楢崎の名は聞いていた。同じ北町奉行所だから、内藤槙之介の配下ということになる。

「お頭、いかがいたしましょう」

弥之助は、根室を捕らえて口を割らせていいものかどうか、訊いているのである。

「そうよな。町方は、根室を泳がせているのかもしれんぞ。御救党を一網打尽にするためにな。せっかくの獲物を横から奪っては、町方に恨まれよう」

岩井は、しばらく様子をみよう、といい添えた。

「では、これにて」

弥之助はきびすを返した。

岩井は振り返らなかった。背後から弥之助の遠ざかっていく足音が聞こえたが、それもすぐに消え、汀に寄せる波音だけになった。

7

「間中、顫《ふる》えているのか」

佐野が小声で訊いた。顔色は見えなかったが、夜陰のなかで佐野の目だけがうすくひかっていた。

間中と佐野は、股だちを取り襷で両袖をしぼっていた。さらに、足元も武者草鞋《わらじ》でかためている。

「い、いえ……」

間中は下腹に力を入れ、顫えをとめようとした。

「案ずることはない。武田《たけだ》は刀など振ったこともないそうだ。それに、供はひとりだけだ。為損《しそん》じることはない」

佐野は自分自身も鼓舞するように、強い口調でいった。

ふたりは、柳原通りの和泉橋ちかくにいた。

柳原通りというのは、神田川沿いの浅草御門から筋違《すじかい》御門までの神田側の道である。堤に柳並木ができているのは、八代将軍吉宗がその名にちなんで柳を植えさせたことによるという。

ふたりは、土手際の丈の高い雑草のなかにしゃがんで身を隠していた。だいぶ、夜は更け、柳原通りに人影はなかった。ひっそりとして、柳を揺らす風音やときおり犬の遠吠えなどが聞こえるだけだった。

三日前、ふたりは米原から武田又八郎《またはちろう》を斬るよう指示された。武田は二百三十石の旗本で御小納戸衆だという。

「武田はな、御用達商人から多額の賄賂を取り、私服を肥やしていたらしいぞ。おれたちは、金と地位に目がくらんだ腐った輩《やから》を、公儀と武士の威信を保つために誅殺するのだ。恥じることは何もない」

「は、はい……」

「おまえが、供を斬れ。おれは、武田を斬る」

佐野の言葉に、間中は無言でうなずいた。

そのとき、急に辺りの闇が濃くなった。上空を黒い雲が流れている。さっきから、弦月が雲に隠れたり出たりしていたが、雲に隠れたようだ。

「武田は、まちがいなくここを通りますか」

間中が、小声で訊いた。

「通るはずだよ。武田の屋敷は小川町だ。ここは帰り道だからな」

ここ三日、ふたりは武田の後を尾《つ》け、今夕、供侍をひとりだけ連れて柳橋の料理屋に入ったのを見届けたのである。

柳橋から小川町の屋敷に帰るには、神田川にかかる新シ橋か和泉橋を渡り、柳原通りをいくはずだった。ふたりは、それで和泉橋ちかくに身をひそめていたのである。

「足音がする！」

佐野が声をひそめていった。

見ると、提灯《ちょうちん》が揺れながらこっちへ近付いてくる。雲間から月が顔を出し、淡い月光のなかに人影がふたつ、浮き上がったように見えていた。

「武田だ！」

間中が立ち上がろうとした。

佐野が制した。

「まだだ、もうすこし近付いてからだ」

提灯がしだいに近付き、ふたりの足音もはっきりと聞こえてきた。供侍が提灯を持ち、武田の足元を照らしている。

間中の体が激しく顫えだした。佐野も顔がこわばり、目がつり上がっている。ふたりは叢《くさむら》の間から、血走った目をして提灯を見つめていた。

「いくぞ！」

ふいに、佐野が立ち上がり、抜刀した。遅れじと、間中も立って抜いた。顫えはとまっていた。だが、頭のなかは真っ白で、自分が何をしているのかよく分からなかった。

イヤアッ！

佐野が八双に構えたまま、喉の裂けるような声を上げて飛び出した。間中も夢中で駆けた。

雑草を分ける音がし、風が耳元をかすめた。

「ろ、狼藉者！」

供侍が、叫び声を上げた。

提灯が激しく揺れ、逃げ場を探すようにふたつの人影が動いた。

間中と佐野は、一気に走り寄った。間中が供侍の前に、佐野が武田の後ろに。ふたつの刀身が銀蛇のようにひかり、人影とともに流れるように提灯の前後に迫る。

「うぬら、何者だ！」

武田がひき攣《つ》ったような声を出した。驚きと恐怖とで、顔がゆがんでいる。

「問答無用！」

走り寄りざま、佐野が武田に斬りつけた。

が、間合が遠かった。八双から袈裟に斬り込んだ切っ先が、武田の大刀の鍔《つば》にあたって鈍い音をたてた。

「よ、よせ、金なら出す」

武田は刀を抜こうとせず、後じさって逃れようとした。さらに斬り込もうと、佐野が送り足で間を寄せる。

佐野とほぼ同時に、間中も仕掛けていた。

青眼から踏み込んで供侍の手元に斬りつけると、供侍は、ワッという悲鳴を上げて、手にした提灯を放り投げた。

提灯の灯が夜陰に飛び、路傍に落ちて燃え上がった。炎が、男たちの姿を黒い影のように浮かび上がらせ、折り重なって激しく動いた。

タアッ！

間中はさらに踏み込んで、二の太刀をふるった。

袈裟に斬り込んだ切っ先が供侍の横鬢《よこびん》を削ぎ、片耳を飛ばした。凄まじい絶叫が夜陰をつんざく。見る間に、供侍の顔が赤い布を張り付けたように染まり、熟柿のようになった。

間中は獣のような叫び声を上げ、刀身を低く構えたまま突進した。体ごとぶち当たるような凄まじい突きだった、鏡新明智流の刀法ではなかった。体が自然に動いたのである。刀身が供侍の腹をつらぬき、切っ先が一尺ほども背から抜けた。

身を寄せたまま、ふたりの動きがとまった。横鬢のあたりから噴出した血が間中の顔にもかかり、赤く染まった。

供侍は獣のような唸り声を上げていたが、ふいに、間中の両肩をつかんで突き飛ばそうとした。その拍子に刀身が抜け、供侍はよろよろと後じさった。そして、踵《かかと》が石にでも当たったらしく、体勢をくずして腰からくずれ、その場に尻餅をついた。

だが、供侍は両手を地面につき、狂乱したように甲高い悲鳴を上げながら這《は》って逃れようとした。

間中は血塗《ちまみ》れの刀身を構えたまま供侍に迫った。残忍な気持が間中を支配していた。間中の目に、供侍の姿が傷ついて逃れようとする獲物のように映った。

間中は追いつくと、背後からのしかかるようにして刀身を供侍の首筋に当て、押し切った。

ビュッ、と音をたてて血が噴き上がった。首の血管《ちくだ》を斬ったのである。供侍は地面に倒れ、血を撒きながら身をよじっていたが、やがて動かなくなった。

……仕留めた！

と、間中は思った。

そのとき、土手際で喉の裂けるような絶叫が聞こえた。見ると、佐野が倒れた武田にたたきつけるような斬撃をふるっている。

そのうち、武田が動かなくなったのに気付いたらしく、佐野はその場につっ立ち、ハア、ハア、と荒い息をついた。

「さ、佐野さん」

間中が走り寄った。

「見ろ！　武田を仕留めたぞ」

佐野は血走った目で虚空を睨んでいたが、急に倒れている死骸のそばにしゃがみ込むと、ふところから財布を抜き取った。そして、死骸の両足をつかみ、土手の方にずるずると引っ張っていった。

「佐野さん、何をするんです」

間中は驚いて訊いた。

「辻斬りの仕業と見せるためだ。間中、そっちの死体も叢のなかに引き入れろ。しばらく、見つからないはずだ」

「…………」

間中は盗賊のようなやり方に反感を持ったが、佐野の指示どおり、供侍の死骸を叢のなかに引きずり込んだ。

第三章　押し込み

1

弥之助は茂六の後を尾けていた。黒羽織に股引、手ぬぐいで頰っかむりして、ぶらぶらと歩いている。だれの目にも、船頭か職人に見えるはずだった。

深川大和町、仙台堀沿いの道である。尾行は楽だった。日中だったので、通行人の姿もあったし、なにより茂六がさらに前を行く武士を尾けていて、背後に気を配る余裕などなかったからである。

茂六が尾行していたのは、根室信太郎だった。茂六は執拗だった。連日、日本橋浜町にある根室の屋敷の前に張り込み、姿をあらわすと、どこまでも尾行した。その茂六を、弥之助は尾けたのである。弥之助の目的は、根室を尾行することで御救党の仲間をつかむことと、町方の動きを知ることにあった。

……どこへ、行くつもりだ。

と、弥之助は思った。いつもと根室の行き先がちがうのである。

ここ三日ほど、根室は自邸と神田松永町の道場を行き来するだけだった。ところが、この日、根室は新大橋を渡って、深川へ足を踏み入れたのである。そして、大川端を下流にむかって歩き、仙台堀にかかる上ノ橋を渡ると、左手にまがって大和町に入った。

根室は堀沿いに軒を並べる表店を覗きながら、ぶらぶらと歩いていく。通りの右手には、米屋、下駄屋、酒屋などがつづいている。

その家並に、ひときわ目につく土蔵造りの店舗があった。店のまわりには広い空地があり、材木や原木などが積んであった。さかんに法被《はっぴ》姿の川並《かわなみ》や人足などが出入りしている。材木問屋の森川屋《もりかわや》である。

根室は森川屋の前ですこし足をゆるめ、店先を見たり、すぐ前の仙台堀にかかる桟橋に目をやったりしながら通り過ぎていく。

そして、長州藩の下屋敷の前まで来ると、右手にまがり富岡八幡宮の裏手を通って、そのまま新大橋の方へもどっていった。

根室はどこへも寄らずに、そのまま浜町へもどって行くようである。

弥之助は、根室が何のために深川まで足を延ばしたのか分からなかったが、新大橋を渡っているとき、ふと頭にひらめくものがあった。

……押し込みの下見ではないか。

と、思い当たったのである。

森川屋は、昨年の丙寅の大火で大儲けをした材木問屋だった。御救党が、次に狙ってもおかしくない店である。

……まちがいない。

と、弥之助は確信した。

その夜遅く、弥之助は岩井にことの次第を報《し》らせるため、本郷にある岩井邸に侵入した。影目付たちは急な報らせや指示を仰ぐときにかぎり、夜中、直接岩井の部屋に入ることも許されていたのだ。

灯明は消えていたが、岩井はまだ眠っていなかった。

岩井は身を起こして、弥之助の話を聞くと、

「弥之助の読みどおり、御救党の次の狙いは森川屋であろう」

と、低い声でいった。

「お頭、いかようにいたしましょう」

弥之助が訊いた。

「茂六が、根室を尾けていたのだな」

岩井は念を押した。

「はい、あやつ、執念深い男で、ここ数日、根室に張り付いて離れませんでした」

「されば、根室の動きは茂六から楢崎にも知らされていよう」

どうやら、楢崎と内藤は御救党を一網打尽にするため根室を泳がせているようだ。楢崎と内藤なら、御救党が次の押し込み先として森川屋を狙っていることに気付かぬはずはないのだ。

「ここは、町方のお手並み拝見ということになろうな」

岩井は、ここで根室を捕らえたり森川屋に知らせたりすることはできないと思った。下手に動くと、網に追い込んだ町方の獲物を逃がすことになる。

「われらは、いかように動きましょうか」

「そうだな。……うまく捕らえられればいいが、町方が御救党を一気に捕縛するのはむずかしいかもしれん。ともかく、根室と森川屋に目をくばり、御救党の動きを探ってくれ」

「ハッ」

「弥之助、茂蔵と左近にもこのことを伝えて、手を借りるがよい」

「承知しました」

フッ、と座敷の闇が動いた。つづいて、かすかに畳を踏む音がし、障子があいた。弥之助が廊下へ出ていったのである。

岩井の読み通りだった。町方は御救党が森川屋を狙っていると読み、根室の尾行をつづけさせるとともに、手先を船頭や川並に変装させて店の周辺に張り込ませるようになった。

弥之助たちは、すこし離れた場所で町方のそうした動きを見張っていた。

弥之助が岩井に報告してから、五日経った。根室にも森川屋にも変わった動きはない。根室は相変わらず自邸と松永町の道場を行き来するだけで、あまり外出もしなかった。

「亀田屋さん、気になることがあるんですがね」

弥之助が、障子の外に目をやりながら茂蔵にいった。

ふたりは、そば屋の二階にいた。そこから、仙台堀の向かい側にある森川屋の店先が見えるのだ。

「気になるとは」

「根室しか、見えてこないことですよ。これだけ、尾けまわしながら、一味の姿がまったく見えてこない」

根室はどこかで御救党と接触し、押し込むための密談を交わしているはずなのだが、それらしい者との接触がないのだ。

「たしかに、妙だな」

「根室は、まちがいなく御救党の仲間ですかね」

弥之助の心はゆらいでいた。根室が御救党の一人だという確かな証拠があるわけではなかったのだ。

「うむ……」

茂蔵も判断できなかった。

「あるいは、町方が網を張ってることに気付いて、とりやめたのかも……」

「いや、それはない。気付けば、仲間が根室を放っておかないだろう。やつが、おとなしくしているのは、押し込む夜が近付いたからとも考えられる。ともかく、しばらく様子を見れば、はっきりするだろうよ」

茂蔵はそういって、すこし冷えた茶をすすった。

2

その日、午後から風が強くなった。天気の変わり目らしく、湿気を含んだ生暖かい風が、江戸の町筋を吹き抜け、上空を黒雲が流れていた。

七ツ半（午後五時）ごろ、弥之助が亀田屋に姿を見せた。

「根室が動きましたぜ」

弥之助が、離れにいた茂蔵にこわばった顔で知らせた。

根室は一刻（二時間）ほど前、いつもとちがう茶の小袖に同色の袴、深編笠をかぶって屋敷を出た。途中、新大橋の上で別の武士といっしょになり、深川へむかったという。

「町方は」

「茂六が、根室を尾けていたから、同心に知らせたはずです」

「よし、こっちも行こう。今夜は、左近さんにも来てもらった方がいいだろう」

すぐに、茂蔵は店に行き、万吉を左近の許に走らせた。

五ツ（午後八時）ごろ、弥之助、茂蔵、左近の三人は、それぞれ闇にまぎれるような身装《みなり》で、亀田屋の離れから深川へむかった。

「雨が来ますかね」

上空を見上げながら、弥之助がいった。西から東へむかって、黒雲が流れていた。まだ、月は出ていたが、雨雲が空をおおい始めている。

「今夜ぐらいは、もつでしょう」

歩きながら、茂蔵がいった。左近は、飄然《ひょうぜん》とふたりの後を跟いてくる。

深川へ入るとさらに風が強くなり、仙台堀の水が波立ち、川岸の夏草がざわざわと揺れていた。

「このあたりで、いいでしょうかね」

茂蔵が森川屋から半町ほど離れた堀端の樹陰で立ち止まった。御救党を捕らえるのが、三人の目的ではなかった。今夜のところは町方に任せ、どのような展開になろうとも、手を出すつもりはなかったのである。

森川屋の表戸はしまっていた。店のすぐ前の仙台堀には専用の桟橋があって、数艘の猪牙舟が波立った水面で揺れているのが見えた。付近に人影はないようである。まだ、起きている者がいるらしく、二階の障子に灯が映っていた。森川屋にいつもと変わった様子はなかった。

「様子を見て来ますよ」

弥之助がそういい置いて、夜陰のなかへ走りだした。その姿は闇に溶け、足音も風音にまぎれてすぐに消えた。

小半刻（三十分）ほどすると、弥之助がもどってきた。

「いますぜ」

弥之助が目をひからせていった。

店舗や積んだ材木の陰などに、十人ほどの町方がひそみ、さらに隣家の納屋の裏手には捕物装束に身をつつんだ捕方が二十人ほども待機しているという。

「しかも、与力も出張ってますぜ」

納屋の裏手には、北町奉行所の吟味方与力、内藤、それに同心の楢崎の姿もあった。

内藤は黒塗りの陣笠、ぶっさき羽織、野袴という捕物出役装束《とりものでやくしょうぞく》に身をかためていた。また、楢崎も、白木綿の向こう鉢巻、黒の半纏に股引《ももひき》、足元を武者草鞋でかためるという捕物装束だった。

いっぽう捕方たちは向こう鉢巻に手甲脚半、手に手に十手や六尺棒、なかには袖搦《そでがらみ》や刺股《さすまた》などの長柄の捕具を持つ者もいた。いずれも、緊張した様子で御救党があらわれるのを待っているという。

「町方も本気だな」

弥之助から話を聞いた茂蔵が、低い声でいった。

「だが、御救党を捕らえるのは容易ではないぞ」

左近が表情のない顔でいった。

四ツ（午後十時）過ぎて、ポツポツと雨がきた。月も雨雲に隠れて、あたりの闇が濃くなっていた。だが、流れる雲の間から星も覗いていて、漆黒の闇というわけではない。人影を識別できるほどの明るさは残っている。

子ノ刻（午前零時）ちかくなった。まだ、御救党は姿を見せない。

「来ますかね」

弥之助が自信なさそうにいったときだった。

掘割沿いの道に、人影があらわれた。ふたり。大川方面から、こっちにむかって来る。夜陰ではっきり分からないが、刀を差しているようである。

「根室だ」

弥之助が声を殺していった。どうやら、根室と新大橋の上でいっしょになった武士らしい。

ふたりは、森川屋の前で足をとめ、店の周囲に目をやっているように見えたが、すぐに堀端に近付き桟橋ちかくにしゃがみ込んでしまった。

ひそんでいる町方も、まったく動かない。岸辺に寄せる波音と夏草を揺らす風音が聞こえるばかりである。

「やつら、何をしてるんだ」

弥之助が苛立ったようにいった。

「だれか、待っているようだ。おそらく、子ノ刻に森川屋の前に集まる計画なのだろう」

左近がいった。

左近のいうとおり、いっときすると、また人影があらわれた。今度はひとりだった。牢人体のような感じがする。三人は、桟橋のちかくにしゃがみ込んだまま凝《じっ》としていた。

「おい、舟が来るぞ」

茂蔵が掘割の先を指差した。

大川方面から、猪牙舟が来る。二艘だ。それぞれに何人か乗っているらしく、黒い人影がいくつも見えた。

「前に五人、後ろに四人いる。こっちが本隊だな」

左近が樹陰から出て、掘割の先に目をやった。

「大勢だ」

弥之助がいった。桟橋のそばで待っている三人を加えて、総勢十二人ということになる。

雨がすこし強くなっていた。風と雨のなかを、二艘の舟は激しく揺れながら桟橋に近付いてきた。

舟が桟橋に船縁を寄せると、黒装束の男たちがバラバラと飛び出した。武士体の者にまじって、黒股引に半切りの半纏姿の男もいる。賊は夜走獣のように桟橋を疾走し、石段を駆け上がって、堀端に待っていた三人と合流した。

森川屋の前に立った賊は十人だった。船頭であろうか。それぞれの舟には、町人体の男がひとりずつ残っていた。何のつもりか、ふたりは舫《もや》ってある他の舟に乗り移り、舫い縄をはずし始めた。そして、乗ってきた二艘以外の舟をすべて流してしまったのである。

一方、十人の賊は堀端から走りだし、森川屋の軒下闇に吸い込まれるように身を寄せた。人影は識別できないが、闇のなかで人の動く気配がする。

いっときすると、何かで戸をこじあけたらしく、ゴトッという音が聞こえた。そして、すぐに人の動く気配が消えた。賊が店内に侵入したらしい。

それを待っていたかのように、店の前の通りにいくつも人影があらわれた。町方が動きだしたようだ。店の出入り口をかためるつもりらしい。

そのとき、店の前の闇に一筋のひかりがはしった。次々に筋状のひかりが生じ、店の表戸を照らしている。龕灯《がんどう》だった。町方が照明具の龕灯に火を点《つ》けたらしい。闇のなかで黒い人影がうごめき、龕灯の灯が交差した。

御用！

御用！

捕方の声がひびき、板戸を破る激しい音がした。

「始まったぞ！」

茂蔵が声を上げた。

3

雨と風音のなかに、戸を蹴破る音、怒号、悲鳴、捕具と刀のはじき合う甲高い音などがひびいた。

すぐに、店の前の軒下の闇から人影が飛び出してきた。龕灯の明りに武士体の男がふたり、浮かびあがった。黒覆面で顔を隠している。ふたりの左右に捕方が駆け寄り、十手や棒など捕具を突きだし、御用、御用、と声を上げた。

さらに、三人、黒装束の賊が姿をあらわし、取りかこんだ捕方に白刃をふるいだした。賊たちの動きはいずれも敏捷だった。巧みに捕具をかわし、すばやい太刀さばきで捕方に斬撃をあびせている。

悲鳴を上げ、賊が動く度に身を引くのは、捕方の方だった。

「できる」

左近は、射るような目で賊の動きを見つめていた。

「町方の方が押されてますよ」

茂蔵がいった。

横殴りの雨のなか、黒装束の男たちが交差し、白刃と捕具がはじき合い、気合と絶叫が飛ぶ。風雨で消されたらしく、龕灯の灯はふたつだけになり、弱々しく黒装束の賊を照らしている。人数ははるかに捕方の方が多かった。だが、捕方は腰がひけ、遠くから捕具をむけている者が目についた。

賊が三、四人でいくつかのかたまりになって、店先から通りの方へ移動し始めた。

「長柄だ！　長柄を使え！」

楢崎が絶叫した。白の向こう鉢巻が、夜陰にうすく浮き上がって見える。

バラバラと、捕方たちが、賊に走り寄った。袖搦や刺股などの捕具を持った者が前に出て、賊の脇から突きかかった。

賊のひとりが、のけ反った。脇腹を袖搦で突かれたようだ。体勢をたてなおし、懸命に刀で刺股をはじこうとしたが、袖搦が着物に絡み付いて離れない。そこへ、背後から刺股が襲った。

賊が呻き声を上げてよろめくと、四方から捕方たちが駆け寄り、棒や突棒などで殴りかかった。

さらにひとりの賊が、袖搦や突棒などで攻められて動きがとれなくなった。他の賊は、ふたりにはかまわず、桟橋の方へ走る。

そのとき、捕らえられた賊のひとりが短い叫び声を上げた。

「見ろ、自害したぞ」

茂蔵がいった。

袖搦や刺股などで攻めたてられ、身動きがとれなくなった賊のひとりが、脇差しを抜いて己の喉を突き刺したのである。もうひとり、町方の捕具にたたかれてうずくまっていた賊からも、呻き声が聞こえた。

「追え、逃がすな！」

楢崎が叫んだ。捕方たちが、逃げた賊を追って桟橋の方へ移動する。

石段を駆け下りた八人の賊は、桟橋を走り、次々に二艘の舟に飛び乗った。八人が乗り終えると、すぐに舟は桟橋を離れた。そして、大川の方へむかって漕《こ》ぎだした。

一足遅れて、捕方たちが桟橋に集まったが、そのとき、賊の乗った舟は長柄の捕具でもとどかない先にあった。

「舟だ、舟で追え！」

駆け付けた楢崎が指示したが、桟橋に舟はなかった。賊は追っ手から逃れるために、舟を流しておいたらしい。

楢崎や捕方たちは桟橋に集まって、去っていく賊の後ろ姿を見送っていた。やがて、その姿も闇にまぎれて見えなくなった。激しい雨と闇が、捕方たちをつつんでいる。

「逃げられたな」

左近が小声でいった。

「町方も、ふたり捕らえたようですよ」

「だが、ふたりは自害したぞ。死体は何もいわぬ」

生きて捕らえれば、口を割らせて御救党の正体をつかむことができるが、死体ではどうにもならないだろう。

「ところで、弥之助さん、さっき町方に押さえられたふたりのうちに、根室はいましたか」

茂蔵が訊いた。

「いえ、ふたりとも根室ではないようでしたが」

「すると、根室はいまの舟で逃げたわけだ。それなら、まだ手が残ってますよ。根室を捕らえて、口を割らせればいいんです」

「ですが、町方が」

おそらく、町方も根室を捕らえようとして動くだろう。

「なに、ここまで来たら町方に遠慮することもないでしょう。それに、御救党を生きたまま捕らえるのは、町方には無理のようですよ。下手に縄をかけようとすれば、ああやって自害してしまう」

「たしかに」

一味は、累が他の者に及ばぬよう自害も恐れぬようだ。

「根室の屋敷は、浜町でしたね。これから行って、張り込みましょう」

茂蔵がそういうと、弥之助と左近がうなずいた。

すぐに、三人はその場を離れ、浜町にむかった。根室の屋敷は、小身の旗本や御家人の屋敷のつづく一角にあった。屋敷といっても、根室家は七十石で、板塀をめぐらせた敷地内には粗末な母屋と納屋があるだけだった。

「見ろ、先客がいる」

左近が前方を指差した。

板塀の陰に、ひそんでいる人影があった。岡っ引きらしい男がふたりいて、根室の屋敷の方に目をむけていた。

「茂六と、その手先ですぜ」

弥之助が小声でいった。

「今度は、こっちが先に手を出す番だな」

左近はそういって、辺りに目をやり、隣家の板塀の陰に身をひそめた。弥之助と茂蔵もそばにしゃがみ込んだ。

「念のため、顔を隠しますか」

そういって、茂蔵がふところから黒布を取り出した。三人分の頭巾である。茂六たちに顔を見られたくなかったのである。

だが、その夜、根室は自邸に姿をあらわさなかった。夜が明け、早出のぼてふりや職人などが町筋に姿をあらわすころになって、三人は板塀の陰から離れた。

その日の午後、さらに翌日も根室の屋敷を見張ったが、根室は姿を見せなかった。

「どこに、雲隠れしやがったんだ」

苛立ったように、弥之助がいった。

「消されたようだな」

左近が、小声でいった。

「…………」

いわれてみれば、そうとしか考えられなかった。根室は自分の屋敷が、町方につかまれていることは知らないはずなのだ。

御救党は、森川屋に町方が網を張っていたことから、一味のだれかが尾行されていると気付いたのだろう。そして、日頃の素行から根室と判断し、口をふさいだにちがいない。

「また、振り出しにもどったわけか」

茂蔵も渋い顔をしていた。

4

「だいぶ、家屋敷が建ってきましたね」

間中が左右の町並に目をやりながらいった。

前を行く郡司と佐野はちいさくうなずいただけで、何も応えなかった。三人は、神田佐久間町の神田川沿いの道を歩いていた。

この辺りは、昨年の丙寅の大火で焼けたところである。日本橋方面から広がった火は、神田川を越え、佐久間町、松永町を焼き、御徒町通りから三味線堀の周辺、さらに東本願寺や浅草寺付近まで焼き尽くしたのである。

だが、一年の余が過ぎ、焼け跡には多くの町家や武家屋敷が建ち、いまも所々で槌音や鉋《かんな》の音などがひびいていた。

「間中、このように家が建てられのは、恵まれた者たちだけだぞ」

佐野が小声でいった。郡司は無言のままである。

間中と佐野は、武田を斬殺した後、米原から五両ずつ報酬をもらった。米原は、他言無用、と強い口調でいっただけだった。

郡司も佐野も何もいわなかったが、間中は高砂町の仕舞屋に集まっていた武士たちは、……御救党にちがいない。

と、思っていた。

佐野にそのことを強く質《ただ》すと、

「そうだ。……すでに、われらもその仲間だ」

と、声をひそめていった。

間中は驚かなかった。武田の供侍を斬ったときから、取り返しのつかない罪を犯したことを自覚していた。だが、それほどの後悔はなかった。今までの将来に何の希望もない閉塞した境遇を思えば、失ったものなど何もない気がしたのだ。

三人は、連日道場で顔を合わせていたが、いつもと変わらず、稽古に取り組んでいた。ただ、変わったことといえば、佐野も郡司も間中に対してあまり口をきかなくなったことぐらいである。

ところが、この日、稽古が終わった後、郡司がそばに来て、

「ふたりに、見せたいものがある。和泉橋のたもとで待て」

と、耳打ちしたのである。

その後、三人は橋のたもとで待ち合わせ、和泉橋を渡って佐久間町へ出たのだ。陽は西にかたむき、三人の長い影が伸びていた。川端の土手に行行子《よしきり》がいて、囀《さえず》りながら葭《よし》の間を渡っている。汗ばんだ肌に、川風が心地好かった。

川沿いの道を西に二町ほど歩いたとき、郡司が立ち止まり、

「あそこの路地を入ったところだ」

そういって、前方を指差した。

新築した米屋と建てかけの町家の間に、細い路地があった。

三人は郡司を先頭にして、狭い路地に入っていった。道の両側には、古材を寄せ集めて建てたような裏店や柿葺《こけらぶ》きの棟割り長屋などがごてごてとつづいていた。

その通りを抜けると、新築の家屋はほとんどなく、焼け残った木材を集めて建てた長屋や半焼した家などが目につくようになった。焼け跡や黒焦げの家の残骸なども、まだかなり残っている。

「ここだ」

郡司は、くずれた土塀でかこまれた家の前に立った。火勢の凄まじさを映したように土塀が所々焦げている。家は大きな仕舞屋だったが、庇《ひさし》や屋根の一部がくずれ、そこに焼け残っ

た材木や筵《むしろ》などが打ち付けてあった。その部分だけ、火事で焼けたらしい。

郡司は引戸をあけてなかに入っていった。間中と佐野も従った。

土間があり、その先が広い板敷きの間になっていた。そこに、七人の男が座していた。みすぼらしい身装《みなり》の町人たちだったが、ひとりだけ長身の武士がいた。武士は町人たちを前にして、ひとり正面に端座していた。

「あの方は」

思わず、間中は声を出した。高砂町の仕舞屋で見た長身の武士だった。

「日下部《くさかべ》仙一《せんいち》どのだ」

郡司が小声でいった。

郡司は、ふたりを連れて板敷きの間に入っていき、日下部に目礼して左手に座した。その左手に、佐野、間中と並んで座った。町人たちはいずれも剽悍な面構《つらがま》えの男たちで、警戒するような目を佐野と間中にむけた。

「案ずることはない。ふたりとも、われらの仲間だ」

日下部がそういうと、男たちの顔からこわばった表情が消えた。

「それでは、ちと、話があるのでな。おまえたちは、引き取ってくれぬか。その前に、いつもの手当を渡そう」

そういって、日下部は立ち上がり、手文庫のなかから取りだした布袋を町人たちの膝先に置いた。どうやら、銭が入っているらしい。

町人たちは、日下部に礼をいって板敷きの間から出ていった。

日下部は間中と佐野の方に膝をむけ、

「ふたりとも、すでにわれらの正体は知っていような」

と、声をあらためていった。猛禽を思わせるような鋭い目だが、口元には自嘲するような嗤いが浮いていた。

間中と佐野は、顔をこわばらせてうなずいた。

「されば、多くは語るまい。……ところで、ここへ来る途中、焼け跡を目にしたな。まだ、この辺りはいい方でな。佐久間町、松永町には、もっとひどいところもある。まだ、仮寓もなく、寺や神社などの床下や祠《ほこら》にもぐり込んで、雨露を凌いでいる者も多い。……働き手を失い、父母を失い、餓死する者、自害する者も絶えないのだ」

「…………」

間中は、食い入るように日下部の顔を見つめて聞いていた。己の家も火事で焼け、いまはちいさな小屋に仮住まいだったので、焼け出された者たちの苦しみは身にしみていた。

「おれの家は、松永町にあったのだがな。火事で焼けたよ。……家だけならよかったのだが、妻と三つになる嫡男もな」

日下部は、虚空を見つめながら低い声で話した。その目には、ぞっとさせるような冷たいひかりがあった。

その日、日下部は外出していていなかったという。子供と添い寝をしていた妻女は火事に気付き、子供を抱きかかえて外に飛びだそうとしたが遅かった。ちょうど戸口まで来たとき、家が焼け落ち、妻子は焼死したという。

「あと、すこし、焼け落ちるのが遅ければ、助かっていたのにな。妻は子供の身を守るように抱きしめたまま死んでいたよ。……だが、そうした悲惨な目に遭ったのは、おれだけではない。さきほど、ここに集まっていた男たちを見たろう」

「は、はい……」

「焼けだされ、おれと同じように悲惨な目に遭った者たちだ。さきほど、渡したのは御救い金だよ。あの者たちは、この辺りの世話役でな。あの金を持ち帰り、窮民に分配することになっている」

「日下部どの、かれらはわれらのことを知っているのでしょうか」

佐野が恐る恐る訊いた。

「いや、知らぬ。慈悲深い、富裕な商人が恵んでくれたことになっている。ただ、さきほどの六人のなかにひとりだけ、おれたちの仲間がいた。もと、船頭でな。舟をあやつるのは、巧みだ」

日下部によると、ここだけでなく、浅草元鳥越町と神田馬喰町にも同じような組織があって、御救党の仲間が銭を配り、世話役の町人のなかにも仲間がいるという。

……御救党は武士だけではないのか。

間中は、武士集団のなかに数人の町人がくわわっていることを知った。

視線を膝先に落としたまま間中たちが黙り込んでいると、

「おれたちの目的は、窮民に銭を配ることではないぞ」

と、日下部が声をあらためていった。

5

「すこしばかり、銭など配っても焼け石に水だ。それに、おれたちは窮民を救う善人ではない。おれたちの狙いは、この剣を生かし、旗本として召し抱えられることにあるのだ。そのためには、この世を大きく動かさねばならぬ。いまのおれたちは、人を殺して金を奪う盗賊だが、それもみな、この閉塞した世を揺り動かし幕政の革新をうながすためなのだ」

日下部の声が甲高くなり、饒舌《じょうぜつ》になった。その顔が熱っぽく赤らみ、双眸には狂気を思わせるような炎があった。

「おまえたちも、おのれの将来のために働けばいい」

そういって、日下部は口をつぐんだ。

すると、それまで黙って聞いていた郡司が、

「ところで、今日、ふたりをここに呼んだのは、おれたちが何をしようとしているか、分かってもらうためだが、それだけではない。……ふたりは、三日前、御救党が深川の森川屋を襲ったことは知っているか」

と、訊いた。

「道場の噂で知りましたが……」

佐野が答えた。間中も、うなずいた。

深夜、御救党が森川屋を襲ったが、町方に待ち伏せされ何も盗らずに逃げたこと、その際、賊のふたりが町方に捕らえられ、自害したことなどが門弟の間でささやかれていた。

「案ずることはない。捕らえられたふたりは、口を割る前に喉を突いて果てた。それに、なにゆえ町方がわれらの押し込みを事前に察知したかもわかった。……根室という仲間が、愚かにも分け前を身分不相応な料理屋で散財し、町方に目をつけられたためだ。その根室も、

おのれの過ちを恥じて自害したよ。いまごろ、死骸《むくろ》は江戸湊の底に沈んでいるはずだ」

郡司がいった。郡司の目にも、酷薄なひかりが宿っていた。

「それでな。そろそろ、ふたりにも押し込みにくわわってもらおうかと思ってな」

郡司の言葉には、有無をいわせない強いひびきがこもっていた。

いまさら、断ることはできなかった。すでに、武田を斬殺したときから覚悟はできていた。

「念を押すまでもなかろうが、町方に知れるようなことになれば、累は肉親だけでなく、大勢の仲間にもおよぶ。その前に、自害する覚悟がなければならぬぞ」

日下部が強い口調でいった。

「承知しております」

先に、間中が答えた。今度は、佐野が黙ってうなずいた。

それから四人は、半刻（一時間）ほど話した。丙寅の大火で焼かれた町の悲惨な様子、幕府の御救い小屋の施米はわずかで、飢え死にした者、困窮に耐えられず、大川に身を投げた者などが絶えなかったことなどを口にした。そうした話をしたのは日下部と郡司が主で、間中と佐野はもっぱら聞き役だった。

仕舞屋を出ると、上空の三日月が霞《かす》んでいた。薄雲が空をおおっているらしい。風がなく、どんよりとした夜気のなかに暑熱が残っていた。どこかで、蟇《ひき》の重そうな鳴き声が聞こえた。闇を揺さぶるような声である。

間中、佐野、郡司の三人は足早に路地をぬけ、神田川沿いの道に出た。五ツ（午後八時）ごろであろうか。川沿いの道はひっそりとして人影がなかった。

「日下部どのは、何流を学ばれたのです」

歩きながら、間中が訊いた。尋常な遣い手でないことは、その体軀を見ただけでも分かる。

「心形刀流だよ。さきほど、話に出た根室は伊庭道場で同門だったのだ。以前から、日下部どのは根室の動向に目を配っていたのさ」

郡司は、日下部の素性を簡単に話した。

日下部は牢人の家に生まれたという。剣で身を立てようと、少年のころから心形刀流の伊庭道場で学び、一門では屈指の遣い手になった。そして、師範代や他の道場へ出向いて代稽古などして口を糊《のり》していたが、貧しく、特に妻に嫡男が生まれてからは、なんとか士官したいと、同門の有力旗本を頼ったり、大名家などに腕を売り込んだりしたという。

「だが、剣より算盤《そろばん》のご時世だ。剣の腕を買って、召し抱えるところなどありはしない。おれなど、端《はな》からあきらめているよ」

郡司は自嘲するようにいった。
郡司も似たような境遇である。出自は、武州忍城下ちかくに住む郷士の三男だといってい
た。やはり、剣で身を立てようと決意して出府し、いまの横瀬道場に入門した。若いころは、
住込みで下男のような仕事をしながら剣の修行に邁進した。そして、師の横瀬も凌ぐほどの
腕になった。
三十半ばまで妻《めと》も娶らず、剣のみに専念しながら、郡司が得たのは横瀬道場の師範代の地
位と、雨露を凌ぐだけの長屋暮らしだった。
「おれたちはな、夜盗や辻斬りで金を得るのが、目的ではないぞ。もっと大きなことを考え
ているのだ。日下部どのがいったように、この世を揺り動かし、幕府を動転させるようなこ
とをな」
郡司は足をとめ、神田川の川面に目をやりながらいった。水面が月光を反射《はね》てにぶくひか
っている。
「なんです？　幕府を動転させるようなこととは」
間中も足をとめて訊いた。
「いまはいえぬが、そのうち分かる」
そういって、郡司はいっとき川面に目を落としていたが、ゆっくりした足取りで歩きだす

と、

「……おまえたちも、このまま冷や飯食いの厄介者で終わりたくはあるまい」

そう、自分自身にいいきかせるような口調でいった。

和泉橋を渡ったところで、間中たちは郡司と別れた。郡司の住む長屋は、小柳町にあり、間中の家は日本橋浜町に、佐野の屋敷は神田岩本町にあったからである。

郡司と別れ、その姿が見えなくなると、

「腹がへったな」

と、佐野が言いだした。

間中もへっていた。稽古の後、水を飲んだだけだったのだ。

「おい、一杯、やっていくか」

佐野が上目遣いに間中を見ながらいった。

「もう遅いぞ。それに、おれたちが寄るような店はあいていまい」

間中も、腹になにか入れたかった。このまま家に帰っても、めしなどないことは分かっていた。

「おれに、任せておけ。いい店を知っているのだ」

佐野が目をひからせていった。

佐野の足が急に速くなった。自邸のある岩本町の方にはいかず、柳原通りを両国の方へむかっていく。

佐野が間中を連れていったのは両国広小路にちかい、米沢町の路地だった。狭い通りだが、まだひらいている店がかなりあり、夜陰のなかにぽつぽつと提灯の灯《ひ》が見えた。縄暖簾を出した飲み屋や小料理屋などが多いようだ。酔客や路傍に立っているぎゅう（私娼の客引き）などの姿もあり、嬌声やくぐもったような男の声などが聞こえてきた。

「ここだよ」

佐野は小料理屋の前に立った。戸口の掛《か》け行灯《あんどん》に、もみじ屋と記してあった。この通りでは小綺麗な店で、老舗らしい落ち着いた雰囲気がある。

「おい、だいじょうぶか」

そのとき、間中の脳裏に、郡司が話していた根室という男のことがよぎった。身分不相応な料理屋で散財し、町方に目をつけられたため、押し込みに失敗し、自害して果てたという。

「なに、心配するな。ここは、安い店が多いので評判の通りだ。おれたちが入ったとて、不審をいだく者などいないよ」

そういうと、佐野はなれた仕草で暖簾をはね上げ、店のなかに入っていった。どうやら、佐野が馴染みにしている店らしい。しかたなく、間中もついていった。

戸口を入ると、狭い土間があり、その先に畳敷きの間があった。その座敷に数人の客がいた。いずれも町人らしい。屛風《びょうぶ》で間仕《まじ》切《きり》がしてあるので、頭しか見えなかったが、酒を飲んでいるようだ。

「いらっしゃい」

若い女の声がした。

見ると、調理場のほうから赤い前垂れ姿の娘が出てきた。歳は十七、八だろうか。色白で、目鼻立ちのととのった美人だった。

娘は佐野の顔を見ると、媚《こ》びるような目をむけ、

「佐野さま、今夜はおふたり」と、訊いた。

「そうだ、およし、奥はあいてるかな」

佐野の目尻が下がっている。

「ええ、どうぞ」

およしと呼ばれた娘は、間中に会釈すると、ふたりを奥座敷へ連れていった。間仕切を置いた座敷の奥に小部屋がいくつかあり、そこにも客を上げて飲ませるようだ。

奥まった座敷に腰を下ろした佐野は、およしに酒と肴を頼み、

「腹がへってるんでな。茶漬けも頼みたいのだが」と、いい添えた。

およしは、すぐに調理場の方へもどると、まず酒と肴を運んできた。間中と佐野で酌み交わしていると、およしが茶漬けを運んできてふたりの膝先に置き、そのまま間中の脇に膝を折った。

「どうだ、およし、おまえも飲むか」

佐野が目を細めて、銚子をとった。

「あたし弱いから、すこしだけ……」

そういって、およしは杯を取ると、さらに膝先を間中のそばに寄せた。どうやら、およしは佐野の馴染みらしい。

ふたりがもみじ屋を出たのは、四ツ（午後十時）過ぎだった。まだ、夜気のなかにむっとするような暑熱が残っていた。町筋はどんよりとした闇のなかに沈み、息の詰まるような静寂につつまれている。

佐野は酔っているらしく、足元がふらついていた。

「いつまでも、冷や飯食いではないぞ！」

突然、佐野が大声を上げた。

佐野のだみ声が、寝静まった町筋に獣の咆哮のようにひびいた。

6

弥之助は、森川屋の前で町方に押さえられ、自害したふたりの武士の正体をつかもうとした。だが、その身装《みなり》から牢人らしいということが分かっただけで、名も住居も知れなかった。町方も身元をつきとめようとしたが、分からないようだった。

しかたなく、弥之助は別の糸をたぐろうとした。その糸は、御救党が森川屋へ押し込もうとした夜、根室と新大橋の上でいっしょになった武士である。

弥之助はその武士を見ていた。もっとも、深編笠をかぶって顔を隠していたので、見たのはその姿だけである。

中肉中背で特徴のない体軀だったが、腰が据わり、隙のない動きに見えた。根室が神田松永町の心形刀流の門人だったこともあって、弥之助は、剣の遣い手にちがいない、と思った。

弥之助は、松永町の伊庭道場を皮切りに、新大橋にちかい神田、浅草、日本橋などの剣術道場をまわり、橋上で見かけた武士を探しはじめた。

一方、茂蔵と左近は、辻斬りに斬られた三人の旗本の身辺を探っていた。八丁堀川の岸辺で見た死体の斬り口と根岸屋の手代の斬り口が同じだったことから、御救党の手にかかったことはわかっていた。

殺されたのは、勘定方の金山久兵衛と御小納戸衆の村山泉之助、その後、柳原通りで斬られた同じ御小納戸衆の武田又八郎である。いずれも二百石ほどの旗本だった。

あまり身分のちがわない旗本が三人も襲われたのである。偶然とは思えない。茂蔵も左近も、ただ金を奪うために三人の旗本を斬ったのではないとみていた。何らかの意図があって、斬ったにちがいないのだ。

それで、茂蔵と左近は三人の旗本の身辺を探れば、御救党の背景や下手人が見えてくるのではないかと思ったのである。

茂蔵は献残屋であることを利用し、いらなくなった進物品を買い取りたいといって、近隣の旗本や御家人の屋敷をまわり、金山、村山、武田の三家の内証や殺された当主の人柄などをそれとなく聞き込んだ。

また、左近は三家の屋敷ちかくの一膳めし屋や飲み屋などをまわり、出入りする中間や若党などから情報を集めた。

だが、三人がなぜ御救党に狙われたのか、分からなかった。三人の旗本と御救党のかかわりは何も出てこなかったのである。多少気になったことといえば、同じ御小納戸衆の村山と武田が、ちかごろ頻繁に高級な料理屋などに出入りしていたことぐらいだった。

茂蔵たちが三人の旗本の身辺を探りだして、十日ほどしたとき、岩井が亀田屋に顔を出した。

茂蔵がそれまで探ったことを報告すると、

「うむ。容易に尻尾を出さぬか。ところで、勘定組頭の羽黒宗右衛門の名は耳にせぬか」

と、岩井が訊いた。

「いえ、とくに聞きませぬが」

「殺された勘定方の金山と羽黒とは、何かかかわりがあるかもしれん。さらに、そのあたりのことを探ってみてくれ」

「承知しました」

「それからな、村山と武田の探索のおりに、若年寄の出羽守さまとの関係も調べてみてくれ」

「水野忠成さまですか」

茂蔵は驚いたような顔で聞き返した。若年寄のなかでも、忠成は大物である。

「そうだ。もっとも、本人が村山や武田と接触することはあるまいがな」

「何か、水野さまにご不審なことでも」

「いや、何の根拠もない。ただ、出羽守さまが、以前上さまの小納戸に召し出されたことを思い出しただけだ」

岩井は語尾を濁した。

岩井にもそれ以上のことはいえなかった。松平信明の口から何度も忠成の話が出たので、岩井は漠然とした疑念をいだいていただけなのだ。

「それからな、今度の御救党の件だが、町方には荷が重いような気がする。幕臣がかかわっているることはまちがいないし、一味のなかには手練が何人もくわわっているようだ。森川屋の件ではっきりしたが、やはりわれらが始末せねばならぬようだぞ」

「承知しております」

「こうなったら、町方に遠慮することはあるまい。……ただ、町方との衝突はさけねばならぬ。われらは、表に立てぬ影目付だからな」

岩井は口元に苦笑いを浮かべていった。


その日の夕方、茂蔵は左近の住む小舟町の甚兵衛店に足を運んだ。岩井との話を伝え、今後の探索について話し合うためだった。

左近は長屋でひとり、酒を飲んでいた。酒好きな左近は、夕暮れどきから酒を飲んでいることが多いのだ。

「左近さま、どうです、ちかくの店に席をかえては。わたしも一杯おつきあいしますよ」

「いいだろう」

左近はかたわらの刀をつかんで、立ち上がった。

茂蔵が連れていったのは、小網町の丸福《まるふく》という料理屋だった。店のすぐ前が日本橋川で、二階の座敷から川面を行き来する舟が見下ろせた。障子の間から、涼気をふくんだ川風が座敷に流れ込んでくる。

「いい川風ですな。風も、この店のご馳走のひとつですよ」

茂蔵は目を細めていった。

酒肴がとどき、口をうるおしたところで、

「今日、お頭が見えましてね」

そういって、岩井とのやり取りを左近に話した。

「羽黒宗右衛門か。なかなかのやり手でな、これはと思った上役には追従や賄賂で取り入っていまの地位をきずいたと噂されている男だ」

左近は、元御徒目付だけあって、幕臣のことにはくわしいようだ。

「殺された村山と武田ですが、若年寄の水野忠成さまと何かかかわりがありましょうかね」

茂蔵が訊くと、

「お頭が、水野さまの名を出したのだな」

と、念を押すように訊いた。

「はい、ただ、お頭も水野さま本人が村山たちとかかわるようなことはあるまい、とおっしゃっていましたがね」

「そうだろうな、水野さまは大物だ。夜盗や辻斬りなどに、かかわるはずはない。お頭は、水野さまが小納戸にいたとき、村山や武田が同職だったことを思い出されて、口にされたのではないかな。水野さまも今日の地位をきずくために、大奥や幕閣などに莫大な賄賂を使ったり、奇抜な術策を用いて取り入ったりしたと聞いている。お頭は、そのころ何かあったと考えたのかもしれぬ」

「だいぶ、大きな事件《やま》になってきましたね」

茂蔵の手にした杯は、虚空にとまったままである。

「いずれにしろ、おれたちは三人の旗本を洗ってみるより他にあるまい」

「そうですね」

茂蔵は杯を口にし、舐《な》めるように飲んだ。

7

「ねえ、そのお侍、どの座敷にいるの」

お蘭は帳場のそばで、立ち話をしている女中に声をかけた。

通りすがりに、お蘭はふたりの女中の会話から、逢引らしいことや、若侍が見栄を張って、高価な料理ばかり頼んでいる、というようなことを聞き取ったのである。

お蘭は別の客に呼ばれて、柳橋の菊屋に来ていた。菊屋は老舗の料理屋で、若い侍が逢引に使うような店ではなかったし、高級料理ばかり頼むというのも気になったのである。

「奥の萩の間ですよ。それほど、身分のあるお侍には、見えないんだけどねえ。ふところの方は、だいじょうぶかしら」

お竹という年増の女中が、揶揄《やゆ》するようにいった。

「ああ見えてもね、お足はたんまり持っていそうだよ。あのふたり二度目でね。このまえは、財布から小判を何枚も取り出したそうよ」

痩せぎすのおふさという女中が口をとがらせていった。

「それで、お相手も武家の娘なの」

お蘭が訊いた。

「お相手は、町娘なんですよ。それも、素人じゃァないみたい。こういう店に、慣れてる感じだもの」

「そう」

探ってみる価値がありそうだった。岩井が探ってくれといっていたのは、こういう侍のことではないか、とお蘭は思ったのである。

ふたりの女中は、なおも話し込んでいたが、お蘭はその場を離れ、帳場に足を運んだ。何とか侍の正体を知りたいと思ったのだ。

帳場には、女将のお静がいた。

お蘭は帳場に入っていって、女将さん、と声をかけた。

「あら、お蘭さん、何か」

「萩の間のお侍さま、あたしどこかで見たような気がするんだけど、思い出せなくて」

お蘭は、首をひねりながら訊いた。

「そう、お蘭さんの客ではないと思うけど」

お静の口元にうす笑いが浮いた。若侍が逢瀬を楽しむために来ていることを知っているようだ。

「お名前は」

「さァ、あたしも知らないんだよ。……一度、挨拶にいったんだけどね。自分のことは話したがらないんだよ。内緒にしたい気持も、分かるけどね」

今度は、白い歯を見せて笑った。

「いっしょの娘さんは」

お蘭は相手の名が知れれば、侍の方もたぐれるかも知れないと思った。

「たしか、およしと、お侍は呼んでたけど」

それ以上は分からないというふうに、お静はちいさく首を横に振った。

「およしさんねえ、あたしの思いちがいかしら。……ところで、女将さん、桔梗の間のお客さんはだれです」

桔梗の間は、萩の間のとなりだった。客がいなければ、襖越しに隣部屋の話を聞くことができる。

「越前屋さん、日本橋の」

どうやら、桔梗の間はふさがっているようだ。

「あたし、ご挨拶して来てもいいですか」

馴染みというほどではなかったが、お蘭は越前屋に何度か呼ばれたことがあった。すでに、お蘭を呼んだ客は帰っていたので、すこしの時間なら立ち寄ることもできるだろう。

「そうしてもらえると、ありがたいね。お蘭さんの顔をみれば、越前屋さんも喜びますよ」

「それじゃァ、ご挨拶だけ」

お蘭は、お静に会釈して帳場を出た。

萩の間は、二階の奥にある桔梗の間の手前にある。お蘭は、着物の褄《つま》をとって二階へ上がった。

お蘭は、萩の間の前で立ちどまった。なかから、ぼそぼそと話し声が聞こえてきたのである。若い男と娘の声だった。はっきりとは聞こえなかったが、男は、およしと呼び、およしは、一平さまと呼んでいた。どうやら侍の名は、一平というらしい。

およしは、しきりに金の心配をしているようだった。それに対し、一平の、金なら心配するな、とか、大金が入ったのだ、とかいう声が聞こえてきた。

そのとき、桔梗の間の障子があいて、廊下に初老の男が出てきた。

「あれ、お蘭さんじゃァないか」

越前屋だった。厠にでも出て来たらしい。

「あら、越前屋さん」

そういって、急いで萩の間の前を離れ、越前屋のそばに歩み寄った。

「どうしたんだね、そんなところで」

越前屋は、訝《いぶか》しそうな顔をした。

「あたし、いまお座敷にうかがうところだったんですよ。女将さんから、越前屋さんが来ていると聞いて。……越前屋さん、ちかごろ呼んでくれないんですもの」

そういってお蘭は越前屋の手をとり、すねたように肩を振ってみせた。

「そうか、そうか、ともかく入っておくれ」

越前屋は糸のように目を細めて、お蘭を座敷へ入れた。

座敷には、他に三人の客がいた。みな、大店の旦那らしい。越前屋は太物問屋だったが、その取引先のようだ。

お蘭は四人の客を相手に、しばらく酒席にとどまったが、次の座敷があるといって桔梗の間を出た。萩の間の話はまったく聞き取れなかったのである。

翌日、お蘭は京橋まで足を運び、亀田屋の茂蔵に岩井への言伝を頼んだ。茂蔵がつなぎ役もかねていて、お蘭の方から連絡があるときは茂蔵に頼むことになっていたのだ。

その夜、菊屋に姿を見せた岩井は、お蘭を呼び、昨夜のふたり連れの話を聞いた。

「そやつ、御救党の仲間かもしれんな」

岩井は、若侍が町娘との逢瀬のために二度も大金を使ったことから、一味のひとりにちがいないと踏んだ。捕らえて、口を割らせるにはもってこいの相手かもしれない。

「名は、一平とおよしか」

岩井は念を押すように訊いた。

「はい、それしか分かりませんでした」

お蘭は、残念そうな顔をした。

「いや、それだけ分かればじゅうぶんだ。すぐにたぐれる。……お蘭、助かったぞ」

そういうと、岩井は銚子を取って、お蘭の杯についでやった。

「あたし、旦那の役にたてたかしら」

「ああ、こたびの件では、一番の手柄になるかもしれんぞ」

「嬉しい」

お蘭は目を細めて、杯の酒を飲み干した。

第四章　拷問

1

「旦那、いい女がいやすぜ」

小料理屋の角から出てきた男が、茂蔵の袖を引いた。四十がらみの丸顔の男である。媚びたような笑いを浮かべている。ぎゅうのようだ。

「生憎《あいにく》だったな。おれには、馴染みの店があるんでな」

茂蔵は軽くあしらって通り過ぎた。

「お侍さまの方はどうです。お安くしときやすぜ」

ぎゅうは揉み手をしながら、後ろから来た左近に近付いた。

「おれも、馴染みの店に行くところだ」

左近も、とりあわなかった。

なんだい、しけてやがるぜ、とぎゅうの毒づく声が、背後から聞こえてきた。

茂蔵と左近が歩いていたのは、米沢町の路地だった。岩井から話を聞いた茂蔵は、およしは料理屋か飲み屋の女ではないかと見当をつけ、万吉にも手伝わせて柳橋界隈をさぐったのである。

そして、米沢町のもみじ屋という小料理屋におよしという女がいることを聞き込んだ。さっそく、茂蔵は客を装ってもみじ屋に通い、およし目当てに佐野一平という若い武士が通ってくることをつかんだ。

茂蔵は佐野を尾けた。そして、佐野は七十石の御家人の次男で、屋敷は岩本町にあること、連日、小柳町にある鏡新明智流の横瀬道場に通っていることなどを知った。

茂蔵から佐野の話を聞いた左近は、まちがいない、そいつは御救党のひとりだな、と断定するようにいった。

「お頭は、捕らえて口を割らせたい意向のようでしたよ」

「そうしよう」

ふたりの話がまとまり、こうして米沢町の路地に足を運んできたのである。

ぎゅうをやり過ごしてしばらく歩くと、茂蔵が路傍に足をとめた。

「あれが、もみじ屋ですよ」

茂蔵が指差した。

小綺麗な店で、戸口に打ち水がしてあった。まだ、通りを夕闇がおおい始めたころだが、すでに掛け行灯には灯が入っていた。老舗らしい落ち着いた雰囲気のある店である。

「佐野は来ているかな」

「まだでしょう。来るのは、暗くなってと聞いてますからね。佐野はまだ若い。明るいうちから小料理屋などには入りづらいでしょう」

「どうする、ここで待つのか」

左近が周囲に目をやって訊いた。

通りには、少ないが人通りもあるし、付近に身を隠す場所もなさそうだった。

「いい場所を見つけてあるんですよ。あそこです」

茂蔵は、もみじ屋の斜向かいの店を指差した。

一膳めし屋らしかった。土間に飯台が並べられ、入りきれなくなった客のために戸口の外まで長床几が置いてあった。まだ、客の姿は少なかったが、酒を飲んでいるらしく賑やかな声が聞こえてきた。

「あの店なら、腰を落ち着けて飲んでいられるし、もみじ屋に出入りする客はよく見えますよ」

そういって、茂蔵はにんまりと笑った。もみじ屋を見張る場所として、選んでおいたらしい。

ふたりは戸口ちかくの飯台に腰を下ろし、酒と肴を注文した。チビチビやりながら、半刻（一時間）ほど経ったとき、

「左近さま、来ましたぜ」

と、茂蔵が小声でいった。

左近が目をやると、若侍がひとり、片手で暖簾を撥《は》ね上げ、もみじ屋に入っていくところだった。

「あの男か」

「そうです。まず、一刻（二時間）は出て来ないでしょうが、そろそろ、わたしの動く番ですよ。左近さまは、もうしばらく、ここでやってからで結構です」

そういって茂蔵は立ち上がり、店の親爺《おやじ》に余分の銭を渡して外に出た。そのまま茂蔵は、路地を抜けて両国広小路の方へむかっていく。

茂蔵たちの目的は、佐野を捕らえて亀田屋の拷問蔵まで運んで口を割らせることにあった。襲って斬るだけならたやすいが、生きたまま捕らえて亀田屋まで連れていかねばならない。

茂蔵は、佐野を帰り道で襲い、縛り上げて駕籠で運ぼうと考えていた。それで、馬喰町にある駕籠政《かごまさ》という辻《つじ》駕籠屋の親分に、酔った客を店まで運びたいといって話をつけてあった。

茂蔵は口入れ屋も兼業していたので、駕籠かきを斡旋したこともあり、親分とは顔見知りだったのだ。

茂蔵はふたりの駕籠かきに酒代をはずみ、郡代屋敷の裏手の馬場ちかくに待たせておいた。その通りは、佐野が自邸のある岩本町へ帰る道筋だった。そして、茂蔵は駕籠かきからさらに一町ほど米沢町寄りの路傍で待機した。

すでに、辺りは夜陰につつまれていたので、身をひそめる必要もなかったが、茂蔵は道端の灌木のそばに身を隠した。

半刻（一時間）ちかく経った。この道筋で左近と待ち合わせることになっていたのだが、なかなか姿を見せなかった。

……何か、手ちがいがあったのかな。

と、茂蔵が思い始めたとき、足早にこっちへむかって走ってくる足音が聞こえた。月明りに浮かび上がったのは、左近だった。

「左近さま、どうしました」

茂蔵は樹陰から通りへ出た。

「茂蔵、佐野が来るぞ」

左近は荒い息を吐きながらいった。どうやら、左近は佐野が店を出てこっちへむかうのを確認してから、一膳めし屋を出たらしい。

「駕籠は用意できているか」

「はい、馬場のちかくに待たせてあります」

「よし、後は手筈どおりだ」

そういうと、左近は茂蔵が隠れていた樹陰にしゃがみ込んだ。茂蔵も脇へ来て、通りの先へ目をむけた。

いっとき待つと、人影が見えた。武士らしく、二刀を帯びている。

「佐野だ」

左近が、腰を上げた。

2

佐野が驚いたように足をとめた。前に立ちふさがっている人影に気付いたらしい。

左近は、ゆっくりとした歩調で近付いていった。すこし腰がふらついている。佐野に警戒心をおこさせないよう、左近は酔客のふりをしたのである。

佐野は路傍に身を寄せて、近付いてきた左近をやり過ごそうとした。

「しばし、おぬしは横瀬道場の佐野どのではござらぬか」

左近が声をかけた。

「そこもとは」

佐野は左近に訝しそうな目をむけた。顔がすこし赤くなっていたが、それほど酔っている様子はなかった。

「神道無念流、山田右近にござる」

流派は偽らなかったが、念のため偽名を使った。

「それで、拙者に何か用でござるか」

佐野は迷惑そうな顔をした。無理もない。淡い月明りに浮かび上がった左近の姿は、貧乏牢人そのものである。

「一手、お手合わせねがいたい」

そういって、左近は刀の柄に右手を添えた。

「な、なに！　手合わせだと、血迷ったか。このような夜更けに、何を言い出すのだ」

佐野は声を荒立てた。酔いどれが絡んできたとでも思ったようだ。

「問答無用！」

左近が抜刀した。

左近の全身に気勢がみなぎり、しびれるような剣気がはしった。切っ先を相手の下腹につける下段に構え、足裏をするように間合をつめていく。

佐野の顔が驚愕《きょうがく》と恐怖にゆがんだ。だが、佐野も剣の手練である。咄嗟に後じさりながら、鯉口を切り、抜刀した。

「辻斬りか！」

叫びざま、青眼に構えた。

かまわず、左近は間合をつめた。左近の切っ先にはそのまま腹を突いてくるような威圧がある。しかも、一気に斬撃の間境《まざかい》に踏み込んできた左近の迫力に気圧され、一瞬、佐野の剣尖が浮いた。

タアッ！

左近が裂帛《れっぱく》の気合を発し、刀身を浮かせて、斬り込む色（気配）を見せた。この仕掛けに、佐野が反応した。

鋭い気合を発しざま、佐野が左近の頭上へ斬り込んできた。この斬撃を読んでいた左近は刀身を返し、体をひらきざま胴を払った。一瞬の流れるような体さばきである。

刀身が佐野の腹部に食い込み、ドスッというにぶい音がした。

峰打ちだった。佐野は上体を折ったようにまげ、そのまま両膝を地面について呻き声を上げ、嘔吐した。

そのとき、茂蔵が走りより、ふところから手ぬぐいを取り出すと、苦痛にうめいている佐野の髷をつかみ、後ろに引っ張って強引に口をあけさせ、猿轡《さるぐつわ》をかませた。そして、左近とふたりで佐野を後ろ手に縛り上げた。

「左近さま、駕籠を呼んできますんで」

そういい置くと、茂蔵は馬場の方へ走っていった。

ふたりの駕籠かきは、後ろ手にしばられている佐野の姿に驚いたような顔をしたが、

「こいつはな、飲み過ぎると気が触れたように暴れだすのだ」

茂蔵がそういうと、駕籠かきは、泥酔して正気を失っていると思ったらしく、納得したようだった。それというのも、夜気のなかに酒の匂いと佐野が嘔吐した汚物の放つ異臭があったからである。

佐野は駕籠に押し込まれ、その夜のうちに亀田屋に運ばれ、茂蔵と左近の手で拷問蔵に移された。

土蔵のなかは、ひっそりとしていた。燭台の灯が、埃《ほこり》をかぶった長持やつづらなどを浮かび上がらせている。

佐野を捕らえた翌日の深夜だった。縄をかけられ、床にころがった佐野の周囲に三人の男が立っていた。岩井、茂蔵、左近である。

「目隠しだけ、とってやれ」

岩井がおだやかな声音でいった。

佐野は拷問蔵に運ばれてから、目隠しもされていたのである。燭台の灯に浮かび上がった三人の男に、佐野は目を剝いた。憤怒と恐怖の入り交じったような目である。

岩井は、手足を縛られて床に転がっていた佐野の足の縄をとき、身を起こして胡座をかかせた。そして、われらは町方ではないぞ、と声をかけてから猿轡をはずした。町方と思えば、舌を嚙み切って自害する恐れがあったからである。

「う、うぬら、何者だ」

佐野は喉のつまったような声で訊いた。

「われらは、亡者だよ」

「亡者だと」

「さよう、ここにいる三人はみな、一度死んだ者たち。冥府からさまよい出た亡者だ」

岩井は低い声でいった。

「さて、それでは話を聞かせてもらおうか。断っておくが、われらの拷問《せめ》は町方の比ではないぞ。白を切りとおすことは、できぬ」

岩井の顔は無表情だったが、佐野を正面から見すえた双眸がうすくひかり、鳥肌のたつような冷たい面貌《おもて》に見えた。

「佐野一平、うぬは御救党の仲間だな」

「し、知らぬ」

佐野は激しく頭を横に振った。

「われらは、町方ではない。それゆえ、累がうぬの肉親やおよしに及ぶことはない。だが、しゃべらねば、町方に渡すこともある。そうなれば、罰せられるのはうぬひとりではなくなるぞ」

「…………！」

佐野の顔に驚きの色が浮いた。およしの名まで知っているとは、思わなかったのであろう。

「もう一度訊く、うぬは御救党の仲間だな」

「お、おれは、御救党などとかかわりはない」

佐野は声を震わせていった。

「手荒なことはしたくないが、仕方がないな」

岩井に茂蔵の方に顔をむけて、顎をしゃくった。

茂蔵は、すぐに佐野の後ろにまわった。

「大声を出させたくないのでな」

そういいながら、茂蔵は佐野に猿轡をかませた。そして、そばにあった古い小簞笥《こだんす》の引き出しから、細い棒状の物を取り出した。三寸余の長い針である。

「これが、分かるか。畳針だよ。これを、爪の間に刺す。……いままで、この痛みに耐えられた者はいない」

茂蔵は畳針を佐野に見せた。茂蔵の恵比寿のような福相が豹変していた。顔からぬぐい取ったように表情が消え、糸のように細い目がうすくひかっている。ぞっとするような凄味のある顔だった。

「左近さま、念のために後ろから押さえてもらいますかね」

茂蔵がそういうと、左近が佐野の後ろへまわって肩口を両手で押さえた。

茂蔵は柔術や捕手で鍛えた左手で、佐野の足首を押さえた。万力のような力である。そして、右手にもった畳針を、佐野の親指の爪の間に刺し込んだ。

脳天を突き上げるような激痛が襲ったにちがいない。佐野は猿轡の間から凄まじい呻き声をもらし、身を反らせ、首を激しくふりまわした。

茂蔵は、ほんの三分《ぶ》ほど刺しただけで針を抜き、

「どうだな、しゃべる気になったかな」

と、低い声で訊いた。

佐野は、全身を顫わせながら首を横にふった。顔は紙のように蒼ざめ、額に汗が浮き、目が異様につり上がっている。

「そうか、では、つづけよう。いまのはほんの小手調べでな。しだいに痛みは増す。そのうち、体はぼろぼろになり、気は朦朧《もうろう》となり、勝手にしゃべるようになるのだ」

そういうと、茂蔵はふたたび佐野の足首を押さえ、今度は小指にさっきよりゆっくりと深く刺した。

激痛に、佐野は狂乱したように身をくねらせ、獣のような呻き声をもらし、首をふりまわした。

茂蔵は、どうだ、どうだ、といいながら、別の指にさらにゆっくりと深く刺し込んだ。そして、四本目の指に針を刺しはじめたとき、佐野の目がうつろになり、ふいに、首を前に垂れた。失神したようである。

すると、左近がそばにあった手桶の水を、佐野の頭からぶっかけた。

佐野は目をあけた。元結が切れ、濡れたざんばら髪が頬や首筋にからまっている。佐野はきょろきょろと辺りを見まわしたが、すぐに恐怖と怯《おび》えとで顔がゆがんだ。

そのとき、かたわらに立って拷訊の様子を見ていた岩井が、

「あらためて訊く、うぬは御救党の仲間だな」

と、静かな声音でいった。

すると、佐野ががっくりと首を折った。認めたようである。

「猿轡をといてやれ」

岩井が命ずると、茂蔵がといた。

佐野の唇の端から血が流れ出ていた。激しく首を振ったために猿轡の布で切れたらしい。

佐野は死人のような土気色の顔で目を攣《つ》りあげ、歯を剝いて荒い息を吐いた。凄まじい形相である。

「うぬらの頭は」

岩井が訊いた。

「と、殿だ……」

佐野は絞り出すような声でいった。

「殿とは」

「知らぬ。おれたちは殿と呼んでいる。名も身分も知らされていないのだ」

佐野は語気を強くした。岩井を見上げた目に、訴えるような色がある。岩井は嘘ではないようだ、と思った。

「三人の旗本を斬ったのは、うぬらだな」

「そ、そうだ」

「何のために斬った」

岩井は畳みかけるように訊いた。岩井が下手人を問いつめるときのやり方である。

「誅殺だ。金と地位に目がくらんだ武田に、天誅をくわえたのはおれだ。他の者は知らん」

佐野は甲高い声を張り上げた。

「天誅となツ」

岩井は、殿と呼ばれている男に踊らされているのではあるまいか、と思った。

「一味の隠れ家は」

「隠れ家などない」

「だが、密談の場所があろう」

「そ、それは……。だれの家かは知らぬが、日本橋高砂町の仕舞屋だ。そばに、堀があった」

「そうか」

岩井が茂蔵の方に目をやると、ちいさくうなずいた。そけだけ分かれば、つきとめられるということだろう。

「奪った金はどこにある」

「あれは御救い金だ。おれたち御救党は、ただの盗人ではない。お上にかわって、昨年の大火で焼け出された者や窮民にくばっているのだ」

佐野の声に昂《たかぶ》ったひびきがあった。

「それは、一部であろう。大半は、御救党が手にしているはず」

「おれたちも、手当としてもらっている。あとの金がどうなっているかは知らぬ」

声を荒立ててそういうと、佐野は唇を噛みしめた。体が顫え出し、顔が紅潮してきた。興奮してきたらしい。

「ところで、うぬらの狙いはなんだ。ただの盗人でないなら、目的があろう」

「そ、それは」

佐野が言葉につまった。

「やはり、金目当ての盗賊か」

岩井がそういったとき、佐野は憤怒に身を顫わせ、激しい剣幕でしゃべり出した。

「ち、ちがう、われらには大願がある。このいまわしい世を大変革するのだ。うぬら、何者か知らぬが、いまに分かる。……ちかいうちに、大騒動がおこるぞ。江戸の町をひっくり返すような騒動がな。……見ているがいい。幕府もひっくり返り、われらしいたげられた者の天下がくる」

佐野は、目をひき攣《つ》らせ、首を振りながらわめき散らした。

この男、踊らされているようだ、と岩井は思った。目的が何であろうと、商家に押し入り奉公人を斬殺して金を奪う悪事が許されるわけがない。

「大騒動とは何だ」

岩井は、佐野の口にした大願より大騒動の方が気になった。

「知らぬ。われらには、知らされていない」

「ならば、仲間の名をいえ」

「し、知らぬ。われらに名はない。……おれは八番だ。うぬらと同様、一味にくわわったときから名を捨てたのだ。いつでも、死ぬ覚悟はできている！」

佐野がそう叫び、顎を引いた瞬間だった。

グッ、喉が鳴った。佐野の息がとまり、顔が怒張し、白眼を剝いている。そして、口から血が流れ出し、喉のつまったような呻き声とともに体を激しく痙攣《けいれん》させた。舌を嚙み切ったのである。

「しまった！」

そばにいた茂蔵が、慌てて佐野の顎をつかんで口をあけさせようとしたが遅かった。

佐野の顔は土気色になり、目は虚空を睨んだまま動かなかった。まだ、こまかい痙攣がつづいていたが、息はとまっている。

「ただの盗人でないということか。……御救党の者はみな、捕らえられたら自害する覚悟ができているようだ」

岩井は、佐野の死骸に目を落としていった。その顔から、死人のように冷たい表情が消えている。

「それにしても、江戸の町をひっくり返すような騒動とは、なんであろう」

岩井の胸が騒いだ。

御救党が、何か途方もないことを計画しているようなのだ。

4

黒鍬の弥之助が目をつけたのは、富元兼次郎《とみもとけんじろう》という若侍だった。神田松永町の伊庭道場から出てくる門弟に目を配っていたとき、体軀があの夜の武士に似ていると感じたのだ。中肉中背で、腰も据わっている。

それに、富元が御救党のひとりとすれば、根室が仲間と会って打ち合わせをした様子もなく森川屋に押し入った疑念も解ける。門弟のなかに話を伝える者がいれば、会う必要もないのだ。

ただ、弥之助にも確信はなかった。顔を見ていなかったので、なんとなく体軀が似ているというだけなのだ。

弥之助は富元を尾行した。だが、富元に、御救党であることを疑わせるような不審な行動はなかった。連日、仲御徒町の自邸と道場を行き来するだけだった。

屋敷周辺の聞き込みから、富元の歳は二十一、七十石の御家人の三男で、少年のころから伊庭道場に通っていることなどが分かった。近所の評判も悪くなかった。浮いた話もなければ、酔って帰る姿を見かけたこともないという。

ただ、気になることもあった。ときおり、道場からの帰りに遠まわりして松永町や隣接する相生町などをまわるのである。目的は分からなかった。昨年の大火で焼けた被災地の復興ぶりを眺めているようにも見えたし、単に帰宅時間を遅らせているようにも見えた。

富元は歩きながら、焼け跡に建った小屋のなかを覗いたり、通りすがりの者に話しかけたりしていた。たわいもない会話だった。時候の挨拶であったり、火事の後の暮らしぶりを訊いたりしている。

その日も、道場を出た富元は松永町から相生町へむかった。いつものように、焼け跡や新築した家などに目をやりながら歩いていく。

燃え残った材木を集めて建てた小屋や柿葺きの裏店などが、ごてごてと続いている路地に入ってしばらく歩いたとき、富元は土塀の角から出てきた男と顔を合わせ、挨拶をかわした。

……また、あの男か。

弥之助は、その男の姿を何度か目にしていた。牢人体で、長身の男だった。武術で鍛えた体らしく、首が太く腰がどっしりしている。伊庭道場の門弟だったのかも知れない、と弥之助は思っていた。

……妙だな。

と、弥之助は感じた。

いままでは、挨拶をかわす程度だったが、何か話しながらいっしょに歩きだしたのだ。遠すぎて聞き取れなかったが、世間話ではなさそうだ。ときおり、富元は驚いたような素振りを見せ、足をとめたり、牢人に身を寄せて耳元で話したりしていた。

ふたりは、半町ほど歩きながら話し、交差する路地の手前で別れた。富元は仲御徒町の方へ、牢人は神田川の方へ歩いていく。

……正体をつかんでやる。

弥之助は牢人の方を尾けはじめた。

牢人は足早に狭い路地を歩いていく。その辺りは相生町でも、火事による被害の大きかった地域だった。まだ火災の爪痕が残っていて、所々に焼け落ちた家屋の残骸や焦げた立木などがそのままになっていた。

ふと、前を行く牢人が、くずれかけた土塀の角を右手にまがった。弥之助は走った。ここで見失いたくなかったのである。

……いない！

牢人がまがった小径の先にその姿がなかった。

路地の左手は土塀、右手は藪《やぶ》や空地がひろがり、所々に被災者の小屋やちいさな町家などがあるだけである。弥之助は走った。土塀の先にさらに右手にまがる小径があったのだ。

……消えた！

その小径の先にも、牢人の姿はなかった。

弥之助はちかくの路地や裏店などをまわって牢人の姿を探したが、どこにもなかった。

その日、弥之助はそのまま帰ったが、牢人の正体をつかむことを断念したわけではなかった。たぐる手はあった。富元を尾ければ、ふたたび牢人と接触するはずだし、いつも相生町近辺にいたので、住居は近くにあるとみていいのだ。

だが、牢人の正体はなかなかつかめなかった。牢人の消えた辺りを探ったが、ふたたびその姿を見かけることはなかったし、どういうわけか、富元も道場から寄り道せずにまっすぐ帰宅するようになったのだ。

その日、弥之助は相生町をまわり、牢人の体軀や人相をいって訊いて歩いたが、何の収穫もなかった。

……どういうことだ。

弥之助には、牢人が消えてしまったように思えたのである。

暮れ六ツ（午後六時）ごろだった。上空に残照があったが、町筋は暮色に染まり、軒下や樹陰などに夕闇がしのんできていた。逢魔が時と呼ばれるころで、町筋は息をとめたようにひっそりとしていた。どういうわけか、通りに人影もなく、焼け跡に建った町家や裏店なども表戸をしめている。

弥之助は黒の半纏に股引、手ぬぐいで頰っかむりして歩いていた。船頭か職人といった格好だった。

そのとき、弥之助は背後から近付いてくる足音を聞いた。

……やつだ！

あの牢人だった。

疾走してくる。覆面で顔を隠していたが、背丈と体軀とで探していた牢人と分かった。距離は十間ほどしかなかった。物陰にひそみ、弥之助をやりすごしてから通りへ出たようだ。

牢人は、左手を鍔元に添えて前屈《まえかが》みの格好で疾走してくる。殺気があった。獲物を追う猛獣のようである。

弥之助はふところの内に縫い付けた布袋から鉄礫《つぶて》をつかみだした。

「何者だ！」

弥之助は誰何《すいか》したが、牢人は無言だった。

抜刀し、一気に迫ってくる。弥之助を見つめた双眸がうすくひかり、全身から痺《しび》れるような殺気を放射していた。異様な構えだった。八双だが、水平ちかくまで刀身を倒している。

弥之助は恐怖を感じた。尋常の遣い手でないことは、弥之助のような男にもわかった。

「くらえ！」

弥之助は鉄礫をはなった。

一瞬、牢人は弥之助の鉄礫を打つ姿に反応して身をかがめ、左手を顔の前につきだした。

胸部を狙った鉄礫が、たもとに当たって地面に落ちた。弥之助の鉄礫は素肌に当たれば肉を裂き、骨をくだく。だが、たもとの柔らかさにその破壊力が吸収されたようだ。

弥之助は後じさった。牢人は鉄礫をかわすために寄り身をとめたが、すぐに低い八双に構えなおして猛追してきた。

弥之助は背後に身を引きながら連続して鉄礫を打った。牢人は右手に飛んで鉄礫をかわしたが、寄り身がとまった。

弥之助は反転して駆けだした。足は速い。反転する間さえとれれば、逃げ切れる自信があった。しばらく、背後から足音が追ってきたが、やがてその音も聞こえなくなった。

後ろを見ると、牢人の姿はない。夕闇につつまれた町筋が、物寂しくつづいているだけだった。

……やつは、御救党のひとりだ。

弥之助は確信した。それも、頭目格のような大物ではあるまいか。

5

間中は横瀬道場の玄関脇で、郡司が出てくるのを待っていた。午後の稽古が終わり、小半刻（三十分）ほど経っていた。門弟たちの大半は帰り、道場内にいるのは残り稽古をしている数人と郡司だけだった。稽古の終わった後、間中は郡司に玄関先で待つよう耳打ちされたのである。

いっとき待つと、郡司がせわしそうな足取りで出てきた。

「間中、後ろから跟《つ》いてこい」

郡司は小声でいって先にたった。

通りに出たところで、郡司は尾行者がいないのを確認するよう左右に目をやってから柳原通りの方へ歩きだした。

「どうだ、佐野の消息が知れたか」

前を見たまま、郡司が訊いた。

「いえ、屋敷にももどっていないそうです。三日前、道場で見たきり、姿が消えてしまいました」

間中は、佐野が道場に姿を見せなかった日から、ずっと探していた。佐野の屋敷へ行ったり、稽古帰りに立ち寄ることの多かった福田屋にもいって訊いてみたが、その行方は知れなかった。

昨夜は、ひそかに米沢町のもみじ屋へ行き、およしとも会った。およしによると、佐野は一昨日の夜、もみじ屋に立ち寄ったという。

その夜、もみじ屋を出てから佐野の身に何か起こったようだ、と間中は思ったが、郡司にもみじ屋のことはいわなかった。

「捕らえられたのかもしれんな」

歩きながら郡司がいった。

「町方でしょうか」

「ちがうな。町方なら、噂が耳に入ってくるはずだ。それに、道場へも探索の手がのびるだろう」

「では、だれが」

間中は足を速めて、郡司の脇へ身を寄せた。

「分からぬ。……どうやら、得体の知れぬ者たちが動いているようなのだ。実はな、日下部どのが何者かに尾けられていることに気付き、昨夜、始末しようとしたそうなのだ。ところが、鉄礫を放って逃げたという。日下部どのは、町方や火盗改めとはちがう隠密のような組織が動いているのではないかといっていたが」

「隠密……。すると、佐野さんは、その者たちに」

間中は驚いた。町方や火盗改めのことはいつも頭にあったが、まったく別の組織が動いているというのだ。

「はっきりしたことは分からんが、そう考えた方がいいだろう」

「その者たちは、佐野さんを捕らえてどうするつもりでしょう」

「狙いは、御救党を始末することだろうな」

「始末……」

「そうとしか考えられん」

「佐野さんは、仲間のことを話したでしょうか」

間中は、気になっていたことを訊いた。

「どうかな。口を割ってはいないと思うが……。しゃべれば、まず、おれたちふたりのところに手がのびようからな。ただ、佐野は生きてはいまいな」

「自害……」

間中も、佐野は生きていないような気がした。

「ともかく、その者たちが、われら御救党に迫ってきていることはまちがいないぞ。佐野が捕らえられ、日下部どのも尾けまわされていたのだからな」

郡司が振り返って間中を見た。いつになく、けわしい顔をしている。

「どうすればいいでしょう」

間中は不安になって訊いた。

「敵の正体が知れないうちは、身をひそめているしかあるまいな。日下部どのも、しばらく身を隠すというし、おれたちも御救党とかかわりのある場所には近付かない方がいいだろう。それに、佐野の行方も探すな。敵も、佐野の身辺から仲間をたぐろうとするだろう。下手に動くと、御救党の仲間であることを知らせるようなものだ」

郡司は強い口調でいった。

どうやら、郡司はこのことをいうために、間中を同行したようだ。

「分かりました」

「それからな、今後、おれとのかかわりも、人目のあるところでは師範代と門弟だけにする、よいな」

念を押すようにそういうと、郡司は急に足を速めた。

間中は歩をとめ、その背がちいさくなると、きびすを返して家のある浜町の方へ歩きだした。

間中は得体の知れぬ敵が身辺に迫っているような気がして、強い不安を覚えた。だが、胸の底に燃えるものもあった。怒りと闘争心である。追いつめられたことで、かえって反発心が燃え上がったのかもしれない。

……このままでは終わらぬ。

間中は、日下部が口にした、この閉塞した世を動かし、幕政の革新をうながすためだ、という言葉を、胸の内でつぶやいた。

間中のいだいた不安は杞憂ではなかった。郡司と話した二日後、道場で居残りの稽古をしていた間中のそばに若い青木という門弟が近寄ってきて、

「間中さん、昨日、道場の帰りに妙な牢人と会いましたよ」と、いいだした。

「妙な牢人とは」

「その牢人、佐野さんの知己だが、このところ行方が分からない、佐野さんと親しくしていた者を教えてくれ、といいましてね。それで、間中さんの名を出すと、しきりに間中さんのことを訊くんです。……うろんな牢人だったので、江戸でも名の知れた遣い手だから近付かない方がいい、と脅しておきましたよ」

青木は自慢するような口調でいった。

「…………！」

佐野を捕らえた敵だ、と間中は察知した。それにしても、青木はよぶんなことを話したものだと腹が立ったが、それを口にすることはできなかった。ただ、ほっとした気持もあった。

その牢人は、自分のことを知らなかったらしいのだ。ということは、佐野がしゃべっていないということになる。

「青木、あまり余分なことは話すなよ」

間中は青木に釘を刺しただけで、それ以上のことはいわなかった。

6

……ここだな。

と、茂蔵は思った。掘割のそばに黒板塀をめぐらせた仕舞屋があった。周辺は空地や雑草の繁茂した荒れ地で、隠れ家にはもってこいの場所だった。

茂蔵は佐野が口にした、日本橋高砂町の仕舞屋を探して、この場所にたどりついたのである。

茂蔵は板塀のそばに近寄ってみた。雨戸がしまっている。物音や人声も聞こえなかった。留守のようである。

確認のため、茂蔵は枝折り戸を押して敷地内に入ってみた。森閑として、人のいる気配がない。雑草の生い茂った狭い庭の隅に欅《けやき》があり、そこで油蟬が鳴いていた。静かなせいか、妙にけたたましく辺りにひびいていた。

茂蔵は縁側の方にまわり、雨戸の隙間からなかを覗いてみた。薄闇のなかに、ひろい畳敷きの間が見えた。家具らしき物はなく、生活の臭いがない。

茂蔵は仕舞屋をはなれた。近所の者に訊いてみようと思ったのである。

掘割沿いの道を歩き、すこしひろい通りとつきあたった角に舂米屋《つきまい》があった。入って行くと、奥の唐臼《からうす》のそばに店の親爺《おやじ》らしい男がいた。鬢《びん》や肩先に白い粉がついている。手ぬぐいで、その粉をたたきながら店先に出てきた。

「ちと、ものをお尋ねしますが」

茂蔵は揉み手をしながら愛想笑いをうかべた。

「なんでしょう」

「わたしは京橋で口入れ屋をやっている茂蔵という者です。この先の川越《かわごえ》さまのお屋敷を訪ねて来たのですが。……下働きの者を頼まれてましてね」

茂蔵は口入れ屋もやっていたので、嘘ではなかった。ただ、川越は頭に浮かんだ名を口にしただけで、何のかかわりもなかった。

「川越さま……。知りませんが」

親爺は首をひねった。

「堀端の黒板塀をめぐらせた屋敷と聞いてきたのですが、雨戸がしまってまして」

「ああ、あれ、わたしも家主は知りませんよ」

親爺の顔に、不快そうな表情が浮いた。どうやら、こころよく思ってないようだ。

「留守ですかね」

「ここ三日ほど、雨戸をしめたままですよ。……どんな話があったか知りませんが、奉公人の世話はおやめになった方がいいかもしれませんよ」

親爺は声をひそめていった。

「何か、都合の悪いことでも」

「大きい声じゃァいえませんけどね。近所の者も、あそこには近付かないようにしてるんですよ。だれが住んでるか分からないし、得体の知れない牢人が出入りしていたかと思うと、こないだなんか、駕籠でね、身装《みなり》のいいお武家さまが供を連れて入っていったんですよ。うちの嬶《かかあ》なんか、狐が化けたんじゃァないかっていってましたよ」

親爺はこの手の噂話が好きらしく、茂蔵に身を寄せてきてしゃべった。

「どんな方です」

茂蔵は御救党の仲間うちで殿と呼ばれていた男ではないかと思った。

「恰幅のいいお武家さまでしたが……。なにせ、駕籠から出た後ろ姿を、ちらっと見ただけで」

親爺は照れたように笑った。

「それじゃア、奉公人の世話はやめときましょうかね。いや、手間をとらせました」

茂蔵は親爺に頭を下げて、通りに出た。

念のため、もう一度仕舞屋を覗いてみたが、やはりだれもいないようだった。

こっちの動きに、気付いたのかもしれない、と茂蔵は思った。御救党は、仲間の佐野が捕らえられたことを知り、かかわりのある場所から姿を消したのではあるまいか。そういえば、弥之助が目星をつけた牢人も姿を消したと聞いている。

茂蔵は京橋へもどりながら、御救党を始末するのは容易ではないぞ、と思った。


そのころ、弥之助は富元を尾けまわしていた。長身の牢人が姿を消したので、たぐる糸は富元しかなかったのだ。

その富元が、道場に姿を見せなくなった。そればかりか、仲御徒町の屋敷から外出もしなくなったのだ。

弥之助は門弟たちが道場から出てくるのを待って、話の聞けそうな若侍に声をかけた。

「お侍さま、ご門弟の富元さまをご存じでしょうか」

「おまえは」

赤ら顔の門弟は、弥之助に不審そうな目をむけた。

「へい、あっしは、富元家の普請に雇っていただいたことのある大工でして。……よく、道場からお帰りの姿を拝見いたしやしたが、このところ、とんと見かけなくなっちまったもので、具合でも悪くなったんじゃァねえかと、案じてやした」

弥之助は殊勝な顔をしていった。むろん、口から出任せである。

「そうか。……実はな」

若侍は急に声を落とし、弥之助の方に身を寄せると、

「一昨日の夜、自邸で腹を切ったそうだ」

と、悲痛な顔をしていった。

「は、腹を……」

弥之助も驚いた。思わぬ展開だった。

だが、すぐに、富元は尾行に気付き、捕らえられる前に自害したにちがいないと思った。あるいは、姿を消した牢人が尾行されていることを教え、肉親や仲間に累がおよぶ前に命を絶て、と命じたのかもしれない。

いずれにしろ、つかんでいた糸がすべて切れたことになる。

「町人、おれは行くぞ」

若侍は、声をかけて去っていった。

弥之助はその後ろ姿を見送りながら、鳥肌が立つのを覚えた。死を恐れぬ者たちの背後にひそむ巨大な魔物を、垣間見たような気がしたのである。

7

行灯《あんどん》の火が揺れていた。障子はしめてあったが、隙間風が入ってくるらしい。火が揺れるたびに、畳にのびた男たちの影も乱れた。

亀田屋の離れに、四人の男がいた。岩井、茂蔵、左近、弥之助である。すでに四ツ（午後十時）を過ぎ、辺りはひっそりとして、離れちかくの叢《くさむら》で鳴く虫の音だけが聞こえていた。

正面に岩井が端座し、前に三人並んで座っている。岩井は単衣《ひとえ》に袴姿だったが、影目付の頭目らしい、落ち着きと威厳があった。

「まず、弥之助から話を聞かせてもらおうか」

岩井が静かな声でいった。

「ハッ、松永町の剣術道場に通う富元兼次郎なる者に目をつけました」

弥之助はそう切り出し、富元を尾けていて長身の牢人に不審をいだいたこと、その牢人の正体をつきとめようと探っているとき、襲われたことなどを話した。

「どのような男だ」

岩井は念を押すように訊いた。

「背丈は、五尺八寸ほど。首が太く、腰のどっしりした牢人です」

「そやつ、どのような剣を遣った」

「こう構え、一気に間をつめて来ました」

弥之助は座ったまま脇差を抜き、刀身をたおした低い八双に構えてみせた。

「そいつだ、根岸屋の番頭を斬ったのは」

左近が口をはさんだ。

その低い八双から斬撃の間に踏み込み、払うように首を斬ったにちがいないと左近がいった。

「すると、薬研堀ちかくで村山を斬ったのも、その男で」

弥之助がいった。

「そういうことになるな。御救党にはもうひとり、袈裟斬りの太刀を遣う手練がいる。八丁堀川沿いで金山を斬ったのは、袈裟斬りの方だ」

左近は神道無念流の達人だけあって、構えや斬り口から相手の太刀筋や腕のほどが分かるのである。

「その後、どうした」

岩井が弥之助に先をうながした。

弥之助は、長身の牢人が姿を消したため、富元を尾けると、自邸で腹を切ったことなどを話した。

「うむ……。御救党の者たちはいつでも命を捨てる覚悟ができているということか。捕らえて、口を割らせることもむずかしいな」

岩井が虚空に目をとめて黙っていると、

「それでは、わたしの方からも」

といって、茂蔵が話しだした。

茂蔵は、佐野が自白した日本橋高砂町の隠れ家をつきとめたが、もぬけの殻だったこと、いまのところ佐野の身辺にも、御救党と思われる者はいないことなどをかいつまんで話した。

「その隠れ家だが、どのような者が出入りしていたか分からぬのか」

岩井が顔を上げて訊いた。

「近所の者の話では、得体の知れぬ牢人が出入りしていたとか。それに、駕籠で身装《みなり》のいい武士が来たのを目にしたこともあるそうでございます」

「駕籠でな。……やはり、一味の背後には身分のある者がいるとみていいようだな」

「その者が、一味のうちで、殿と呼ばれていた男ではないかとみているのですが」

茂蔵がいった。

「そうかもしれん。こうなるとよけい、佐野が言い残した、江戸の町をひっくり返すような騒動というのが気になるな。一味は、何か大がかりな事件をたくらんでいるのではあるまいか」

岩井は三人の男たちの方に視線をむけた。

「わたしは、どうも、町道場の門弟がかかわっているような気がするのですが」

左近がいった。

左近は、佐野が鏡新明智流、根室と富元が心形刀流の門人だったことを挙げ、さらに村山と金山を斬ったふたりの手練も、道場にかかわりがあるのではないかといい添えた。

「ところで、辻斬りに斬られた三人の旗本から何か出てきたかな」

岩井が茂蔵の方に目をむけた。

「まだ、その後のことは」

探索は進展していなかった。茂蔵と左近は、お蘭がつきとめた佐野を捕らえ、その自白から横瀬道場や隠れ家などを探っていたからだ。

「そうか、では、茂蔵はひきつづき三人の旗本の身辺を洗ってもらおうか」

「承知しました」

茂蔵がうなずいた後、

「わたしは、町道場を当たって、村山と金山を斬ったふたりをつきとめたいのですが」

と、左近がいった。

「そうしてくれ。弥之助はどうする」

岩井は弥之助の方に顔をむけた。

「わたしは、姿を消した牢人が気になって。牢人の姿を見かけた相生町をもうすこし探ってみたいと……」

「それがいいだろう」

話が一段落すると、岩井はふところから袱紗包みを取りだし、そのまま茂蔵の膝先に置いた。

「金子が入っておる。いつものように三人で均等に分けてくれ」

岩井にそういわれ、茂蔵はすぐに袱紗包みを解いた。切り餅が六つ、ひとつが二十五両なので、五十両ずつということになる。

茂蔵が切り餅をふたつずつ、三人の膝先に置いた後、

「いつもより、多いようですが」と、訊いた。

影目付たちは、事件で動くたびに岩井から相応の手当を得ていたが、通常は切り餅ひとつのときが多かった。

「おれが出すのではない、もらっておけ。伊豆守さまも、それだけ大きな事件と見ておられるからであろう」

岩井を通して影目付たちを支配していたのは、松平信明である。当然、信明は金銭面でも影目付たちを支えていた。

三人が切り餅をふところにしまったのを見て、

「油断いたすな。御救党は容易ならざる敵のようだ」

岩井が、声をあらためていった。

第五章　打壊し

1

茂蔵は小川町の雉子橋《きじばし》通りにいた。雉子橋御門から小石川方面へつづく通りで、道の両側には大小の旗本屋敷が並んでいる。

茂蔵は狭い路地の築地塀《ついじべい》の陰から、斜向かいにある旗本屋敷の裏門を見ていた。二百五十石、勘定組頭、羽黒宗右衛門の屋敷である。

岩井が、殺された勘定方の金山と羽黒とは、何かかかわりがあるかもしれん、と口にしたが、茂蔵はまずそのあたりから探ってみようと思ったのである。

金山の身辺はすでに調べていたが、勘定方の話では古株の謹厳実直な堅物というだけで、御救党とのかかわりはむろんのこと、羽黒とのことも直属の上司であったということ以外は何も出てこなかった。

……ならば、羽黒の方に当たってみよう。

と、茂蔵は思った。

ここに来るまでに、茂蔵は付近の大名屋敷や旗本屋敷に奉公したことのある中間に当たって、羽黒の評判を聞いてみた。茂蔵が兼業している口入れ屋は中間や下女の斡旋が主なので、近隣の屋敷に奉公したことのある中間もいたのである。

かれらの話によると、このところ羽黒の羽振りはよく、近々勘定吟味役に昇進する噂があるという。茂蔵は金山とのかかわりも訊いてみたが、そのことはだれも知らなかった。

それなら、羽黒家に奉公している中間に直接話を聞いてみようと思い、こうして羽黒屋敷まで足を運んで来たのだ。

茂蔵は、屋敷から話の聞けそうな中間が出てくるのを待っていた。茂蔵が築地塀の陰に立って、小半刻（三十分）ほどしたとき、木戸門から中間らしい男がひとり出てきた。人のよさそうな三十がらみの男である。

「そこのお方、お待ちを」

茂蔵は後ろから近付いて声をかけた。

「おれのことかい」

男は足をとめて振り返った。髭の濃い、目のギョロリとした男だった。

「はい、羽黒さまのお屋敷にご奉公されているお方でしょうか」

「おお、そうだ。おれは中間だが、何の用だい」

「いえ、用というほどのことではないんですが。わたし、京橋の方で口入れ屋をやっております亀田屋茂蔵という者でして」

茂蔵は愛想笑いを浮かべながらいった。

「口入れ屋かい。おれは、又吉《またきち》ってえんだ」

又吉の言葉遣いがやわらかくなった。何度か、口入れ屋に奉公の世話を頼んだことがあるのだろう。

「実は、あたしの知り合いが奉公先を探してましてね。ちかごろ、羽黒さまの羽振りがいいと耳にしたもので、どうかと思いましてね」

そういうと、茂蔵は又吉に近付き用意したおひねりを袖の下に落としてやった。

「へっ、へへ……。すまねえなァ。それで、おれに何の用だい」

又吉はだらしなく目尻を下げた。

「羽黒さまの内証やお人柄などを、お聞かせいただければ」

「いいともさ。知ってるこたァ、何でも話すぜ」

「それはありがたい。ちかくに、稲荷《いなり》がありましたな。そこで涼みながらでも」

茂蔵はちかくに一膳めし屋でもあれば、飲みながらと思って、ここへ来る前に近所を探してみた。だが、武家屋敷ばかりでそれらしい店はなく、木陰のある稲荷が適所だろうとみておいたのである。

「いいだろう、こう陽射しが強くちゃァ立ち話も難儀だ」

又吉は、先に立って歩きだした。

だいぶ、陽は西にかたむいていたが、まだ夏の陽射しは強かった。稲荷は武家屋敷のつづく一角にあり、杉や樫《かし》などの杜にかこまれ、境内はやかましいほどの蟬時雨《せみしぐれ》につつまれていた。

木陰に祠につづく石段を見つけ、そこに腰を下ろすと、

「羽黒さま、だいぶ内証がいいようですな」

と、茂蔵が切りだした。頭上から蟬の鳴き声が降るように聞こえてくる。

「そうよな、二百五十石にしちゃァ内福だな」

「勘定組頭ともなると、実入りが多いんでしょうかね」

勘定組頭は勘定奉行の支配下で、幕府の建造物の普請や修復などの検分にかかわることが多い役である。各地に出張するたびに相応の手当が支給されるし、役得もあるのかもしれない。

「さあな、どこから入ってくるのか、おれには分からねえが」

又吉は手ぬぐいで首の汗を拭きながらいった。

「だいぶ、羽振りもいいようですが」

「くわしいことは知らねえが、羽振りがいいのは、出羽守さまとくっついているからだという噂だぜ」

又吉が声をひそめていった。

「出羽守さまというと、若年寄の水野忠成さまで」

茂蔵は、岩井から忠成が羽黒を勘定吟味役に推挙しているという話を聞いていた。

「そうよ。羽黒さまがこうなるまでには、出羽守さまにたっぷり賄賂《まいない》を使ったらしいや」

又吉の口元に揶揄するような笑いが浮いた。

「いまの世の中は、みんなそうですよ」

茂蔵は、羽黒がその金をどうしたか気になった。たしか、羽黒は普請方、勘定、勘定組頭と昇進してきたはずである。普請方や勘定のときは、実入りもわずかなはずだ。

忠成は若年寄であると同時に、駿河沼津三万石の藩主でもあった。旗本同士の賄賂とは桁《けた》がちがうだろう。羽黒がその金をどう都合したのか、茂蔵は気になったのである。

「出羽守さまとは、昵懇のようでな。ときどき、家臣が屋敷に来ることもあるぜ」

「そうですか」

羽黒と忠成のつながりは、だいぶ密接のようだ。羽黒は忠成の忠実な配下なのかもしれない。

「ところで、金山久兵衛さまを知りませんかね。羽黒さまの配下の勘定の方なのですが」

茂蔵は話題を変えた。

「金山……。知らねえなァ」

又吉は首をひねった。

「噂を聞きませんか、ほら、薬研堀ちかくで旗本が辻斬りに斬られたということがあったでしょう。金山さまは、斬られた方ですよ」

「ああ、思い出したぜ。その金山さまなら知ってるぜ。お屋敷で、辻斬りの噂は聞いたし、おれは屋敷に来た金山さまの姿を見てるしな」

「ほう、お姿を見てるんですか」

茂蔵は巧みに話を誘導した。

「二度も見たぜ。一度はな、うちの殿さまとやりあったらしく、顔色を変えて出ていったぜ」

「やりあったって、何を」

茂蔵は、何か確執があったようだと思った。

「そこまでは分からねえや」

又吉は、首にかけた手ぬぐいをはずし、立ち上がりたいような素振りを見せた。屋敷にもどりたいのかもしれない。

「ところで、羽黒さまのように内証がいいと、料理屋などにも出かけるんでしょうね」

かまわず、茂蔵は話をつづけた。

「ときどき出かけるぜ、駕籠でな」

「駕籠で……」

そのとき、茂蔵は、春米屋の親爺が、高砂町の仕舞屋に身装《みなり》のいい武士が駕籠で来たという話をしていたのを思い出した。その武士が、御救党の仲間内で殿と呼ばれている男のようなのだ。

「羽黒さまは恰幅のいいお方ですかね」

茂蔵が訊いた。

「いいや、痩せて、ひょろりとしてるが」

「そうですか」

どうやら、高砂町の仕舞屋にあらわれた男とはちがうようだ。それに、羽黒ほどの身分になれば、出かけるときは駕籠を使うだろうと思い、茂蔵は疑念を打ち消した。

「おめえ、ほんとに口入れ屋かい」

又吉が立ち上がって訊いた。目に不審そうな色がある。又吉は、口入れ屋にしては妙なことばかり訊くと思ったようだ。

「これは、世間話が過ぎましたな。いや、助かりました。お蔭で、羽黒さまのお人柄や内証も分かりました。そのうち、ぜひ、奉公人を世話させてもらいますよ」

そういうと、茂蔵は満面に笑みを浮かべて又吉の顔を見上げた。

2

茂蔵は、さらに羽黒と金山のかかわりを調べてみる必要があると思った。このことを亀田屋の離れに顔を見せた岩井に報らせると、

「金山と同じ役職にいる者に訊けば早いが……」

そういって、岩井はしばらく考え込んでいたが、

「隠居した安木《やすき》八郎右衛門《はちろうえもん》がいいな。よし、おれもいっしょに行こう」と、いいだした。

安木は長く勘定方にいたが、昨年隠居し、家督を倅にゆずったという。現役では、羽黒の配下なのでしゃべらないだろうが、隠居して勘定方とかかわりがなくなった者なら話してくれるだろう、と岩井は思ったようだ。

「ですが、お頭が会うとなると、相手に影目付であることが知れるのでは」

茂蔵は心配そうな顔をした。

いままで、岩井がみずから探索に出ることはまれだったし、安木は岩井のことを知っているはずだった。

「なに、おれは隠居も同然の身、茶飲み話でもしにきたと思わせよう。茂蔵、商人《あきんど》の身装《みなり》ではまずかろう。おれの供ということにしてくれ」

「承知しました」

茂蔵は、奥へ引っ込み、中間ふうに身装を変えてきた。巨軀の体に、股引と法被《はっぴ》が苦しそうに見えた。

「その格好も似合うぞ」

岩井は微笑しながら、そういった。

安木の屋敷は赤坂にあった。岩井と茂蔵は、外堀沿いの道を歩いて赤坂に出た。通りかかった町人に訊くと、安木の屋敷はすぐに分かった。旗本屋敷のつづく通りにあった。

安木家は二百石で、長屋門をそなえていた。門番はいなかったので、岩井は茂蔵を連れてそのまま門をくぐった。応対に出てきた若党らしき侍に、岩井が身分を告げ、安木八郎右衛門どのにお会いしたい、と伝えた。

侍は顔をこわばらせて奥へ下がり、すぐに老齢の武士をひとり連れてもどってきた。安木らしい。痩身で細面、皺が多く妙に喉仏がとがっていた。その顔が不安そうにこわばっている。

「こ、これは、岩井さま、このようなむさくるしいところへお運びいただき、恐縮至極に存じます」

と、玄関先に平伏していった。やはり、安木は岩井のことを知っているようだ。

「おい、おれは、小普請の身だぞ。気をつかうな」

岩井は気安く声をかけ、実は、訊きたいことがあって来たのだ、というと、安木はさらに顔をこわばらせた。何事かと思ったようだ。

「なに、お役目を退いた者同士の茶飲み話だ。たいしたことではない」

岩井が微笑しながらいうと、安木は安堵したように顔をくずし、岩井を招じ入れた。中間の格好で来た茂蔵は、同行するわけにいかなかったので、長屋門のそばで待つことになった。

奥の書院で対座し、安木の老妻が運んできた茶をすすったところで、

「金山久兵衛が、辻斬りに殺されたことは知っていような」

と、岩井が切りだした。

「存じております」

すぐに答えたが、安木は不審そうな顔をした。御目付であればともかく、役を退いた岩井が調べるのはおかしいと思ったようだ。

「いや、これは御目付の調べではない。おれは金山の実直な人柄が気に入っていてな。何とか無念を晴らしてやりたいと思っていたところ、過日、町方の与力と話す機会があってな、金山の件を尋ねたのだ。すると、まだ下手人の目星もついていないというではないか。これではいかんと思い、せめて探索の一助になればと、こうして足を運んできたのだ」

岩井はもっともらしい説明をした。こういっておけば、暇を持て余した元御目付のお節介ぐらいにしか思わないだろう。

「さようでございますか」

安木の顔から不審そうな表情が消え、目元に笑みが浮いた。

「どうだ、金山を斬った下手人に心当たりはあるか」

「ございませぬ」

安木ははっきりといった。

「そうか、話はちがうが、組頭だった羽黒宗右衛門はどうだ」

岩井は別の筋から手繰ろうとした。

「どうだと、もうされますと」

安木の目元から笑みが消え、岩井の心底を探ろうとするような目になった。

「ちかごろ、勘定吟味役に昇進する話も耳にしておるし、だいぶ羽振りがいいようなのでな」

「……いまだからいえますが、羽黒さまはご自分の昇進のみに気をくばっておられ、よからぬ噂もございました」

安木の皺の多い顔に、嫌悪の色が浮いていた。どうやら、安木は羽黒のことをこころよく思っていないようだ。これなら話が聞きやすい。

「よからぬ噂とは」

「ただの噂ですので、聞き捨てていただきたいのですが。羽黒さまは普請の検査などのおり、調達した材木問屋などに多額の賄賂を強要したとか……」

安木は声をひそめていった。

「ほう、賄賂をな。……実はな、羽黒と殺された金山との間に確執があったと聞いているのだがな」

岩井が水をむけた。

するると、安木は岩井の方に膝を進め、大きい声ではいえませぬが、といって、

「金山どのは、まがったことが大嫌いな性分でして、羽黒さまが普請にかかわった大名や材木問屋などから、賄賂や饗応を受け手心をくわえていることを知り、何度か諫言《かんげん》したようです。……辻斬りに遭う半年ほど前のことなのですが、金山どのは、羽黒さまのことで腹に据えかねることがあったらしく、これだけは見過ごすことはできぬといって、羽黒さまのお屋敷まで出かけたこともあったのです」

そのことは岩井も、茂蔵から聞いていた。

「腹に据えかねることとは何だ」

岩井が訊いた。

「わたしにも分かりませぬ。……金山どのは、勘定方の落度になるといって、だれにも他言しなかったようです」

「そうか」

どうやら賄賂や饗応だけではないようだ。

……金山は、消されたのかもしれぬ。

と、岩井は思った。

羽黒が己の悪事を金山に知られたと察知すれば、広言される前に口をふさごうと考えるだ

ろう。

……やはり、羽黒と御救党はどこかでつながっている。

金山を斬った下手人が、御救党のひとりなのである。

岩井は、羽黒が御救党を陰であやつっている首魁ではないか、と思ったが、どうもしっくりこなかった。日本橋高砂町の隠れ家に駕籠であらわれた武士は、羽黒とは体型がちがうのだ。それに、羽黒のように慎重で狡智《こうち》に長けた男が、御救党の隠れ家にみずから出かけたり、その姿を近所の住人に目撃されたりするとは思えないのだ。

「ところで、羽黒だが剣術の腕はどうだ」

岩井は、二百五十石の旗本である羽黒が、剣の遣い手の集団である御救党とどこでどうむすびついたのか知りたいと思った。

「剣術、さァ、どうでしょうか。若いころ、剣術の道場に通ったことがあると聞いたことはありますが」

安木は首をひねった。

「どこの道場だね」

「たしか、神田松永町とか……」

「心形刀流の伊庭道場か」

「はい、その道場です」

「そうか」

つながった、と岩井は思った。

御救党の根室と富元は伊庭道場の門弟だった。それに、弥之助を襲った牢人も富元とつながっている。こうした門弟たちと、羽黒は若いころ知己をとおして接触したのではあるまいか。あるいは、弥之助を襲った牢人が、羽黒の知り合いだったとも考えられる。

「安木、手間をとらせたな。何とか、金山の敵《かたき》をとってやりたいものだ」

そう言い置いて、岩井は奥の書院を出た。

帰り道で、茂蔵に話の内容をかいつまんで話すと、

「やっと、一味の黒幕が見えてきたようです」

と、茂蔵が目をひからせていった。

「はたして、羽黒が一味の頭目であろうか……」

岩井の頭には、水野忠成のことがあった。水野ほどの人物が御救党の首魁とは思えないが、何かかかわりがあるような気がしてならないのだ。

「茂蔵、さらに殺された三人の旗本の身辺を洗ってみてくれ」

「承知しました」

「まだ、闇につつまれて見えない首魁がいるような気がするのだ」

岩井は、つぶやくような声でいった。

3

茶の筒袖に同色のたっつけ袴。弥之助は闇に溶ける格好で灌木の陰にひそんでいた。場所は相生町、まだ焼けた家屋の残骸や焦げた立木などが残っている路傍だった。富元が道場帰りにまわり道して、牢人と接触した道筋である。

弥之助は、自分を襲った牢人の行方を追っていた。

……この道筋に、かならずあらわれる。

と、弥之助は思っていた。それというのも、付近に牢人の住居か隠れ家があるとにらんでいたからだ。

だが、牢人はなかなかあらわれなかった。何度か場所を変え、張り込んで四日経つ。二度ほど、深編笠で顔を隠した牢人体の男が姿を見せたが、いずれも人ちがいだった。

どんよりと曇った夕方だった。まだ、六ツ（午後六時）前のはずだが、辺りは濃い夕闇がおおいはじめていた。狭い露地に人影はなく、ちかくの藪で鳴く虫の音が物寂しく聞こえてくる。

そのとき、路地を歩いてくる人影が見えた。弥之助は緊張した。深編笠をかぶった牢人体の男である。

……また、あの牢人か。

弥之助はがっかりした。以前見かけた牢人である。中背で太り肉《じし》、弥之助を襲った牢人とは体付きがちがっていた。

牢人は弥之助の目の前をとおり、すこし先へいったところで、焼け残った廃材を集めて建てた小屋に立ち寄った。いっときすると、粗末な衣類をまとった町人と出て来て、ふたりして佐久間町の方にむかって歩き出した。ふたりはすこし間を置いて、見ず知らずの他人のような顔をして歩いていく。

……妙だな。

と、弥之助は思った。牢人と被災者と思われる町人のとり合わせもそうだが、他人の目を妙に意識しているふたりの態度が、弥之助の勘にひっかかったのである。

弥之助はふたりを尾けはじめた。ふたりは、いったん神田川沿いの道に出たが、すぐに米屋と建てかけの町家の間の細い路地へ入っていった。

路地の両側には、小体《こてい》な裏店や柿葺きの棟割り長屋などがごてごてと軒を並べていた。その通りを抜けると、すこし視界のひらけた地に出た。辺りには、まだ焼け落ちた家の残骸や藪の焼けた跡地などが残っていた。

ふたりは、くずれかけた土塀でかこまれた家のなかに入っていった。通りから見ると、火事で家の一部が焼けて放置された廃屋のように見えた。

だが、人が住んでいるらしく、焼け落ちた箇所に筵や焼け残った材木などが打ち付けてあった。それに、かなり大きな家である。

弥之助は土塀の陰に身を寄せて、なかの様子をうかがった。障子や雨戸はしめてあり、なかは見えなかったが、何人かいるらしく、くぐもったような声が聞こえた。男の声であることはわかったが、何を話しているかは聞き取れない。

どうしたものか、と迷っていると、通りに人影が見えた。襤褸《ぼろ》をまとった痩せ衰えた男と若い武士が、すこし間を置いてこっちにやってくる。ふたりは、それぞれ土塀のそばで立ち止まり周囲に目を配ってから、家のなかに入っていった。

……なかで、なにをしているのだ。

牢人、被災者と思われるような男、武士、得体の知れぬ牢人者などが、何人も集まっているようなのだ。

御救党の密談であろうか。それにしては、妙だ。若い武士や牢人だけなら分かるが、みすぼらしい身装の町人もいるのだ。

……なかの様子を探ってやろう。

と、弥之助は思った。

幸い、辺りは濃い夕闇につつまれていた。弥之助の茶の装束は、闇に溶けて見えないはずだ。弥之助は足音を忍ばせて、話し声の聞こえる障子のそばに近寄っていった。

障子ちかくの床下にもぐると、男たちの声がはっきりと聞こえてきた。思ったより大勢集まっているようだ。板張りの部屋のひろい範囲に、人のいる気配がする。

やはり、いろいろな身分の男たちがいるらしく、町人言葉や武家言葉などに混じって、無宿人や人足を思わせるような伝法な物言いも聞こえてきた。雑談であろうか、大勢が勝手にしゃべっているようだ。

そのとき、急に話し声がやみ、床板を踏む足音がした。だれか入って来て、私語をやめたようだ。

「そろっているようだな」

武士らしい重い声が聞こえた。

「このところ、町方以外の者たちが、われらを探っているようなのだ。何者かは知らぬが、公儀も手をこまねいて見ているわけではないということだな」

「わ、わしらは、どうすればよろしいんで」

別の場所で、怯えたような声がした。町人のようだ。

「案ずることはない。御救党を追っているようだが、われらのくわだてには気付いておらぬ」

いっとき間があいたが、別の場所で、

「米原さま、そろそろ、決起するころあいではござらぬか」

と、低い声が聞こえた。武士の物言いである。

床下で話を聞いていた弥之助は、座をまとめている人物が米原という名であることを知った。

「そうだな。殿も、そろそろことを起こすよう、おおせられていたからな」

米原が答えた。

弥之助は、殿という声に耳をたてた。一味の頭が殿と呼ばれていることを佐野が自白したと、茂蔵から聞いていたのだ。

……御救党が集結しているようだ。

と、弥之助は思った。ただ、ここには殿と呼ばれる人物は来ていないようである。それに、町人が何人もいるようだが、かれらも御救党なのであろうか。弥之助はちがうような気がした。そのみすぼらしい身装や痩せ衰えた体付きから、火事の被災者や窮民ではないかと思ったのだ。

「三番、どうだな、鳥越町の方の様子は」

米原が訊いた。

「はい、貧民たちの不満は高まっております。さらに一押しすれば、まちがいなく騒ぎだすとみております」

別の男が答えた。やはり、武士のようである。

「暴徒はどれほどになる」

「われらが手なずけた者たちの他に、近隣の窮民も大勢、暴徒にくわわりましょう」

「それはよい。五番、そっちはどうだ」

「馬喰町も計画通り進んでおります。火を点ければ、一気に動きだすとみております」

隅の方で、別の武士が答えた。

「そうか。……みなの者、決起はちかいぞ。だが、いまが一番肝心なときだ。油断するな」

米原の声にいっせいに返事し、平伏した者もいるらしく、衣擦れの音や膝で床板をこするような音が聞こえた。

「では、日下部氏《うじ》、れいの物を」

米原にいわれ、日下部という男が立ち上がって歩きだしたらしく足音がし、床に銭の入った袋でも置くような音がした。

その後、いっときして、

「大勢で、いっしょに帰るでないぞ」

と米原がいい、立ち上がって、部屋を出ていく足音がした。つづいて、ふたりほど、出ていくようである。

……米原の正体をつかんでやる。

そろり、と弥之助は床下から抜けでた。

4

……やつだ！

弥之助は、思わず声を出しそうになった。

戸口からあらわれた男は、弥之助が追っていたあの長身の牢人だった。どうやら、弥之助がこの場に来る前から、家のなかにいたらしい。その長身の牢人と連れ立って、黒覆面で顔を隠した武士が、ひとり姿をあらわした。絽羽織に納戸色の袴姿で、大小を帯びていた。小身の旗本か御家人といった感じがする。

「では、米原どの、拙者はこれにて」

長身の牢人が、黒覆面の武士に声をかけて一礼した。覆面で顔を隠して出て来た武士が米原なのだ。

「日下部どの、身辺に気をつけなされよ」

米原がいった。長身の武士は、日下部という名のようだ。

「心得てござる」

米原はきびすを返し、足早に通りへ出ていった。

土塀の陰に身をひそめていた弥之助は、日下部を尾けようとして腰を浮かせたが、思いとどまった。日下部より、米原の正体を知りたかったのである。

その米原が、歩きだした。日下部と同じように神田川の方へむかっていく。おそらく、日下部と同行するのを避けたのだ。

米原は神田川沿いの道へ出ると、湯島方面にむかってしばらく歩き和泉橋を渡って柳原通りへでた。

すでに、四ツ（午後十時）過ぎである。日中は賑やかな通りだが、いまはまったく人影はない。頭上の十六夜《いざよい》の月が、米原の姿だけを浮かび上がらせていた。弥之助は、柳の陰や土手の叢《くさむら》などに身を隠しながら、巧みに米原の後を尾けた。

米原は八ツ小路を抜け、小川町へ入った。町家がなくなり、通りの左右には大名の上屋敷や大小の旗本屋敷などがつづいている。

小川町に入ってしばらく歩くと、米原は左手にまがった。一ツ橋御門や雉子橋御門のある方へむかっていく。

……羽黒の屋敷ではあるまいか。

弥之助は、茂蔵から雉子橋通りに羽黒邸があると聞いていた。

ただ、米原が羽黒の偽名とは思えなかった。二百五十石の旗本にしては衣装が粗末だったし、羽黒が夜更けに供も連れずに外出するはずはないのだ。

予想通り、米原は雉子橋通りに面した旗本屋敷へ入っていった。

……明日だな。

弥之助は出直して、米原が何者であるかつかみたいと思った。

翌朝、弥之助は米原が入った旗本屋敷のちかくで、話の聞けそうな中間か若党が通るのを待った。

築地塀の陰で、小半刻（三十分）ほどすると、ふたり連れの中間がやって来た。

「つかぬことをお訊きしやすが、こちらが羽黒さまのお屋敷で」

ふたりに近付いて、弥之助が声をかけた。

「そうだが、おめえは」

髭の濃いいかつい顔をしたひとりが、睨みつけるような目をして弥之助を見た。

「あっしは、植木屋の手伝いをしてる弥之助ってえもんですが、親方に羽黒さまのお屋敷の植木の伸びぐあいを見てこいといわれやしてね。……親方が出入りのもので」

弥之助は適当にいいつくろった。

「へえ、そうかい。おれたちは、羽黒さまに奉公してるんじゃァねえからな。人様の庭の植木のことなんざァ分からねえぜ。なァ、熊造《くまぞう》」

髭の濃い男は、いっしょ来た男の方に顔をむけた。もうひとりは、熊造というらしい。

「そうよ、おれたちふたりは、隣の荒木さまに奉公してるのよ」

熊造もうさん臭そうな顔をして、弥之助を見た。

「お隣でしたか。それにしても、困っちまったな。米原さまに会って、植木の手入れ時期を訊いてこいといわれたんだが、どうすれば米原さまに会えますかね」

弥之助は食い下がった。

「米原さまって、ご用人のか」

髭の濃い男がいった。どうやら、米原は羽黒家の用人のようだ。

「へい、その米原さまで」

「裏にまわって、下働きの者にでも訊いてみな」

突き放すようにいうと、髭の濃い男は熊造と連れ立って歩きだした。

それだけ聞けばじゅうぶんだった。弥之助は、すぐにきびすを返してその場からたち去った。その夜、弥之助はいつものように岩井邸へ侵入した。


奥の居間で書見をしていた岩井は、廊下を歩く足音に気付いて耳を澄ました。聞き覚えのある弥之助の足音である。この部屋に灯《ひ》が見えたので、いつもの寝間ではなくこちらにまわったらしい。

いっときすると、障子のむこうで膝を折る気配がした。

「弥之助か、入るがよい」

岩井が声をかけると、ハッ、という声がし、障子があいた。

夜気が動き、燭台の火が揺れた。岩井は膝をまわして、座敷の隅に端座している弥之助に顔をむけた。

「何か、あったのか」

岩井が訊いた。深夜、屋敷内に侵入してまで報《し》らせねばならない重大事があったとみていい。

「御救党の隠れ家が知れました」

弥之助は、まず佐久間町に大勢の牢人や町人が集まっていることを話した。

「町人もおるのか」

「はい、なにやら大事を起こそうとたくらんでいるようでございます」

弥之助は、御救党が暴徒を煽って騒ぎを起こそうとしていることや、一箇所ではなく、佐久間町、元鳥越町、馬喰町などで計画が進んでいるらしいことを話した。

「それか！」

思わず、岩井が声を大きくした。

「江戸の町をひっくり返すような騒動というのは、それだ。打壊しだよ」

岩井は一味の狙いが読めた。

佐久間町、元鳥越町、馬喰町界隈は先の丙寅の大火で、被害の大きかった町である。御救党は、その被災者に御救い金なる銭を配って窮民の心をつかみ、お上に対する不満を煽っておいて打壊しを扇動するつもりなのだ。

佐久間町、元鳥越町、馬喰町でいっせいに打壊しが起これば、幕府はかなりの衝撃をうけるだろう。いずれ暴徒は鎮撫されようが、幕政に対する批判の声が高まるのは避けられない。

……出羽守（水野忠成）さまの狙いはこれか。

岩井は忠成たちの陰謀の実態が見えたような気がした。

天明の打壊しを再現しようとしているのだ。天明の打壊しは、まさに江戸をひっくり返すような騒擾だった。この騒擾により権勢を誇った田沼派の息の根はとめられ、松平定信が実権をにぎることになったのである。

忠成は、天明の打壊しを再現し、幕政の舵《かじ》を取っている松平信明に責任を取らせ、寛政の遺老と呼ばれる信明派を一掃しようとしているのだ。そうなれば、当然忠成が老中に昇進して幕政の実権をにぎることになろう。

「御救党一味の頭格はつかめたか」

岩井が訊いた。

忠成は、謀略に長けた男である。己のための計画であっても、忠成自身がかかわっていることはないはずだ、おそらく忠実な配下の羽黒が動いているにちがいない、と岩井は思った。

「隠れ家で指図していたのは羽黒家の用人、米原なる者にございますが、さらに上に殿と呼ばれる者がいるようでございます」

弥之助は、尾行して確認したことを話した。

「そうか、用人が動いていたか」

岩井は得心した。羽黒自身で隠れ家に出向いて盗賊に指図せず、用人を使ったようである。

「殿と呼ばれた人物が、羽黒でございましょうか」

弥之助が訊いた。

「それはどうかな。本人が隠れ家に顔を出すようなら、用人を使うことはないと思うが」

茂蔵の話では、高砂町の隠れ家には殿と呼ばれた男も姿を見せていたというのだ。

そやつは、忠成とつながっているのではあるまいか、と岩井は思った。

「お頭、どのように動きましょうか」

弥之助が訊いた。

「うむ……。なんとしても、打壊しを防がねばならぬが」

どうしていいものか、岩井も迷った。

まだ、一味の首魁である殿と呼ばれている者の正体もつかんでいない。それに、敵が大勢である上に、分散してひそんでいるようなのだ。下手に仕掛ければ、一味の大半を取り逃がすことになろう。

「弥之助、きゃつらがいつ騒ぎを起こそうとしているかをつかんでくれぬか。それに、元鳥越町と馬喰町にかかわっている者たちの隠れ家が分かると始末しやすいのだがな。それから、このことは茂蔵と左近にも伝えてくれ」

「承知しました」

弥之助が一礼して座敷から出て行こうとした。

「待て」

といって、岩井がとめた。

「ただ、打壊しの時期が迫っておれば、すぐにも仕掛けねばならぬゆえ、それを念頭において探ってくれ」

「心得ました」

弥之助はもう一度頭を下げてから、座敷を出ていった。

5

左近は数日かけて、村山や金山を斬った下手人をつきとめようと江戸市中のいくつかの道場をまわったが、まったくの無駄骨に終わった。無理もない。分かっているのは、袈裟斬りの太刀をよく遣う手練ということだけなのである。

左近は、佐野が門弟だった鏡新明智流と根室と富元が門弟だった心形刀流の二流にしぼろうと思った。そうした折、村山を斬った長身で首の太い牢人が、日下部という名で松永町の心形刀流の伊庭道場にかかわっていることを、弥之助がつかんできた。根室、富元も伊庭道場である。さらに、旗本の羽黒も伊庭道場にかかわりがあり、そうした門弟を通してつながりができたのではないかと考えられた。

こうしたことから、左近は日下部の探索は弥之助にまかせ、自分は佐野が通っていた鏡新明智流の横瀬道場をもうすこし洗ってみようと思った。

たぐるべき糸は佐野である。左近は、佐野の周辺に仲間がいて金山を斬った下手人もそのなかにいるのではないかと思った。

左近はもう一度、生前の佐野の行動を洗い直した。その結果、佐野を捕らえて拷問した夜から二日後、もみじ屋に間中という横瀬道場の門弟が立ち寄ったことが分かった。佐野が馴染みにしていたおよしという女中が、間中が来て佐野のことを訊いていったと口にしたのである。

およしによれば、間中も佐野といっしょにもみじ屋に何度か来たことがあるとのことだった。間中は佐野と同じ年頃で、眉の濃い肌の浅黒い男だという。

……間中も御救党の仲間のようだ。

と、左近は直感した。

そして、もみじ屋を訪ねた翌朝、左近は小柳町に出かけ、横瀬道場の玄関先の見える路傍の樹陰から門弟たちの出て来るのを待っていた。

小半刻(三十分)ほどすると、若い門弟がふたり連れ立って通りへ出て来た。

「しばし、ものを尋ねるが」

後ろから走り寄って、左近が声をかけた。

「なんでござろう」
十七、八歳と思われる痩身の若侍が、左近を見て鼻宇を寄せた。牢人体で、死人のように表情のない顔をした左近に不安を覚えたのかもしれない。
「拙者、田崎ともうす者、過日、徒牢人に難癖をつけられ困っているとき、ご門弟の方に助けていただいたのだが、すぐに行ってしまわれ、そのままになってしまったのです。それで、一言なりとも礼をもうしたいと思い参上したしだいでござる」

左近は、咄嗟に頭に浮かんだ偽名を使った。

「それで、名は」

もうひとり、いっしょにいた赤ら顔の男がほっとしたように訊いた。

「それが、名もおっしゃらず……。以前、何度か佐野どのとごいっしょに歩いているのを見かけたことがあるのですが。眉の濃いお方でした」

「ああ、それなら間中どのであろう。……すぐ、出て来るはずですよ」

そういって、瘦身の男が歩き出そうとした。

「しばし、お待ちを。実は、もうひとつ、お訊きしたいことがあるのですが」

左近は、わざと言いにくそうな顔をした。

「なんです」

瘦身の男が、むきなおって訊いた。

「実は、横瀬道場には高名な遣い手がいると噂を耳にしまして、お名前だけでも教えていただければありがたいのですが。なんでも、その方の踏み込んで袈裟に斬る太刀がとくに鋭く、容易にかわせないと聞いております」

「うちでは何といっても、師範代の郡司どのが出色だが。……そういえば、真剣を振るときは、袈裟斬りをよく稽古しておられるようだが」

瘦身の男は首をひねった。袈裟斬りが、郡司という男の得意技かどうか分からないらしい。

だが、左近は郡司という男であろうと直感した。真剣勝負と道場での稽古はちがう。道場では防具を使った竹刀で打ち合う稽古が多く、どうしても面、籠手、胴、突きが主になる。おそらく郡司も、道場の稽古では袈裟に斬り込むことなど滅多にないのであろう。それで、若い門弟も分からなかったにちがいない。

「郡司どのも、まだ道場においでですか」

左近は、郡司がどんな男か知りたいと思った。

「まだ、おられる」

「お顔だけでも拝見したいのですが、お幾つぐらいの方です」

「三十半ばかな。細面で、鼻の高いお方だ。そこもとより、男前だぞ」

瘦身の男がそういい、ふたりの門弟は顔を見合わせて笑った。

そして、もういいだろう、小声でいって、瘦身の男がきびすを返した。慌てて、赤ら顔の男も歩き出した。


左近が、さっきの路傍の樹陰でしばらく待つと、間中と思われる男が出てきた。およしが口にした眉の濃い肌の浅黒い男だった。思いつめたような顔をして、せかせかと足早に日本橋方面へ歩いていく。

しばらく歩くと左手にまがり、伝馬町牢屋敷のそばを通って馬喰町へ入った。そして、細い路地へ入り、山門をくぐって古刹の本堂の前に出た。無住なのか、ひどく荒れた寺である。付近が火事で焼けたせいもあって、寺にはだれもよりつかないのかもしれない。境内には夏草が繁茂し、本堂もくずれかけていた。

男は階《きざはし》を上り、板戸の隙間からなかに入った。左近が山門の陰に身をよせて耳を澄ますと、本堂のなかから話し声が聞こえた。だれか、なかにいたらしい。

……ここが、隠れ家ではあるまいか。

左近は、弥之助が馬喰町にも一味の隠れ家があるらしいと口にしていたのを思い出した。

左近が本堂のなかの会話を聞き取ろうと思い、山門の陰から出ようとしたとき、路地をこっちにむかって歩いて来る人影に気付いた。

左近は慌てて身を隠した。人影は武士のようである。辺りが暮色につつまれ、人相までは見えなかった。

武士は急いでいるらしく、小走りにこっちへやって来る。山門をくぐるとき、左近の二間ほど前を横切った。

……この男が、郡司のようだ。

面長で、鼻梁が高い。単衣と袴を通して、その体がひきしまった筋肉におおわれているのが見てとれた。

武士は、そのまま本堂の階を上がってなかに入ったが、いっときすると、間中らしい男とともに出て来た。

「間中、用心しろよ。おれたちは、いつも見張られていると思った方がいい」

郡司らしい男の声が、山門の陰にひそんでいる左近にもとどいた。

「気をつけます。郡司どのは、どうされます」

「おれは、笹間《ささま》どのともうすこし打ち合わせてから帰る」

「では、わたしはこれで」

そういうと、間中は一礼して山門の方に足早にやってきた。

やはり、ふたりは間中と郡司だった。本堂のなかには、もうひとり笹間という男がいるらしい。

何を話したのか、間中の顔が蒼ざめていた。ひどく、狼狽《ろうばい》しているようである。間中は目をつり上げて足早に山門をくぐり、路地を抜けていく。一方、郡司は間中の背を見送ると、本堂へもどった。

それからしばらくして、郡司が本堂から姿をあらわした。郡司もこのまま荒れ寺を出るようだった。

左近は、郡司の後を尾けた。居所を知りたかったのである。尾行は楽だった。町筋は夜陰につつまれていたが、西の空にはまだ明るさが残っていて、郡司の姿を見失うことはなかったし、軒下や物陰をたどりながら尾ける左近の姿を、濃い闇が隠してくれたからだ。

郡司は横瀬道場からそれほど遠くない小柳町の長屋に入った。どうやら、そこが郡司の住《す》居《い》のようである。

……明日は、間中の塒《ねぐら》をつかんでやるか。

その夜、左近はそのまま自分の長屋にもどった。

6

……あの男だ！

間中は、路傍の欅《けやき》の陰にいる男の姿を目にした。

牢人体だった。道場の玄関先に、凝《じっ》と目をむけている。人相までは見えなかったが、陰気な感じのする男である。

昨夜、間中は馬喰町の寺で郡司から、何者かが道場を探っているようだ、と知らされ、驚き、狼狽した。探索の手が、己の身辺まで伸びてきているような気がしたのである。

さらに今朝、梨田《なしだ》という若い門弟から、昨日、牢人ふうの男に声をかけられ、間中どののことを訊かれたと聞いて色を失った。

「その男、間中どのに助けられたので、お礼がいいたいといってましたよ」

梨田は明るい声でいった。

「その男と会ったのは、どこだ」

「道場のすぐ前ですよ。……あれ、昨日、会ったのではないのですか。待っているような口振りでしたが」

「…………！」

突然、心ノ臓をつかまれたような衝撃がはしった。昨日、馬喰町へいったのを尾けられたのではないか。とすれば、馬喰町の隠れ家もつきとめられたことになる。

間中は必死に動揺を押さえて訊いた。

「ほかに、何かいってなかったか」

「佐野どのと、いっしょに歩いているのを見たことがあるといってました。それに、うちの道場で、遣い手はだれかと問われましたので、郡司どのだと教えてやりましたが」

「…………！」

まちがいない。その男は、御救党の探索のために梨田に訊いたのだ。

「何か、都合の悪いことを話しましたか」

梨田が怪訝な顔をして間中を見た。間中は平静を装ったが、顔が蒼ざめていたにちがいない。

「い、いや、そのような牢人に覚えがないのでな。何かのまちがいかもしれぬ」

間中はそういうと、いそいで梨田のそばを離れた。

そして、稽古を終えた後、道場の玄関ちかくの植え込みの陰から通りを覗き、路傍の樹陰にいる牢人ふうの男を目にしたのである。

……あの男が佐野を始末したにちがいない。

と、間中は思った。

何者か分からぬが、町方ではないようだ。ただ、自分や郡司を御救党の仲間として捕らえようとしていることはまちがいないようだ。

このまま裏口から逃げようか、それとも何も気付かぬ振りをしていようか。間中は迷った。だが、名も道場も知られていては、一時的に姿を隠しても逃げられないだろう。それに、佐野とふたりで御救党の仲間にくわわったときから、死ぬ覚悟はできていた。間中がもっとも恐れていたのは、御救党の仲間であることを知られ、汚名を着せられて累が肉親にまで及ぶことであった。

……あやつを斬ってしまおうか。

ふと、その思いが間中の胸に浮いた。

相手はひとりである。それに、佐野があの男に始末されたのなら、敵を討ってやることもできるではないか。

間中は身震いした。武者震いである。間中の胸に、恐れや狼狽にかわって熱い闘志が湧き上がってきたのだ。

間中は通りへ出て歩きだした。思ったとおり、樹陰にいた牢人が後を尾けてくる。間中は、柳原通りへ出た。人目のない寂しい通りへおびき出して、斬るつもりだった。

まだ、夕暮れ時ではなかったが、曇天のせいか通りは薄暗く、人影もまばらだった。とはいえ、この通りで立ち合うわけにはいかなかった。斬り合いになれば、人が集まってくるだろう。

柳原通りの道筋に柳森稲荷と呼ばれる叢祠《そうし》があった。裏手が神田川の岸辺で、そこに人影のない寂しい地がひろがっているのを知っていた。間中は、そこに牢人をおびきだすつもりだった。

間中は柳原通りから右手にまがり、稲荷にむかった。それとなく後ろを見ると、牢人はほぼ同じ間隔で尾けてくる。

稲荷の祠の前から、柳が鬱蒼《うっそう》と枝葉を茂らせている裏手を抜けて岸辺へ出ると、足場のしっかりした砂地で、丈の低い雑草が地面をおおっている場所があった。間中はそこで足をとめて振り返った。

牢人は真っ直ぐ歩を寄せてきた。表情のない暗い顔をしていた。総髪が風に揺れ、間中を見つめた目がうすくひかっている。

「おれに何か用か」

間中は声を荒立てた。

「用があるから尾けてきた」

抑揚のないくぐもったような声だった。

「うぬは、何者だ」

「おれは亡者だ」

「ぐ、愚弄する気か！」

叫びざま、間中が抜刀した。すぐに、牢人も抜いた。

「神道無念流、まいる」

牢人は流派だけを口にした。

「おれは、鏡新明智流だ」

声を上げざま、間中は青眼に構えた。その切っ先が小刻みに震えている。気が異常に昂《たかぶ》り、胸が苦しいほどであった。

対峙した牢人は、切っ先を相手の下腹につける下段だった。なで肩でゆったりした構えだが、そのまま腹を突いてくるような威圧があった。

……このままでは斬られる。

と、間中は察知した。

敵の腕もさることながら、己の足が地についていなかった。気が昂り、体がかたくなっているのが自分でも分かった。

イヤアッ！

ふいに、間中は腹の底から絞り出すような気合を発した。気合で、己の興奮を鎮めようとしたのである。

7

左近は、間中の気合を機に間合をつめ始めた。ピタリと相手の下腹に切っ先を向けたまま、足裏をするようにして身を寄せていく。

その刀身がにぶくひかり、左近の全身から痺れるような殺気が放射される。気合も吐く息の音もなく、銀蛇のような刀身が闇のなかをすべるように迫っていく。

間中は後じさった。押しつぶされるような威圧を感じたにちがいない。左近は構えをくずさず、さらに間合をつめる。間中は退く。

その間中のかかとが、地面から露出していた岩の角にあたった。その一瞬、間中の背筋が伸び、わずかに剣尖が浮いた。

左近は、この機をとらえた。

タアッ！

鋭い気合とともに踏み込み、短い突きを放った。

この突きを、間中は刀身を大きく払ってはじこうとしたが、空を切った。

間中の動きを読んでいた左近は刀身を沈めて間中の払いをかわし、峰を返して逆袈裟に斬り上げた。

突きから逆袈裟へ。一瞬の太刀さばきだった。

左近の手に、肉を断つ重い手応えが残った。切っ先が間中の右脇腹を深くえぐったのである。

グワッ、という呻き声を上げ、間中はたたらを踏むようによろめいた。深くえぐられた腹部がひらき、臓腑があふれている。間中は前屈みになりながら左手で脇腹を押さえ、なんとか踏みとどまると、さらに右手で刀を振り上げた。

「まだだ、こい！」

凄まじい形相だった。目がつり上がり、歯を剝き出している。傷つき、追いつめられた獣のようだ。

左近の顔にかすかな朱が差していたが、表情も変えずに青眼に構えると、スッと間をつめた。

「お、おのれ！」

叫びざま、間中が斬り下ろした。片手斬りのため、大きく体勢がくずれた。

その斬撃を右手に跳んでかわしざま、左近は遠間《とうま》から刀身を横に払った。骨肉を断つにぶい音とともに間中の刀が地面に落ち、右腕がだらりと垂れ下がった。左近の切っ先が間中の二の腕をとらえたのである。

その切り口から筧《かけい》の水のように血が流れ出た。間中は両膝を地面につき、前に上体を折るような格好で屈んだ。全身血まみれになりながら、呻き声を上げている。

左近はその前に歩を寄せた。

「さ、佐野はどうした」

間中が顔を上げて訊いた。紙のように蒼ざめ、全身が激しく顫《ふる》えている。左近を睨むように見上げた目ばかりが、燃えるようなひかりを宿していた。

「おれが斬った。いまごろは、江戸湊の底に沈んでいるはずだ」

左近は抑揚のない声でいった。

「う、うぬは、何者だ」

「影目付……。闇の仕置人とでも、いおうか」

「われらの正体を、知っているのか」

「知っている。御救党であることも、ちかく江戸市中に騒動を起こそうとたくらんでいることもな」

「な、ならば、殺せ！　この場でとどめを刺せい」

間中が絞り出すような声でいった。その顔は土気色を帯び、死が迫っていることを思わせた。

「うぬは助からぬが、このままでは御救党のひとりとして晒《さら》し首になるぞ。それでもよいか」

「そ、それは……」

間中の顔がゆがみ、哀願するような目を左近にむけた。汚名を着せられ、累が肉親に及ぶことだけは避けたかったのである。

「ならば、おれの訊くことに答えるがいい。佐野と同様、ひそかに葬ってやろう」

「…………」

間中はちいさくうなずいた。呼吸が荒くなっている。

「打壊しを起こすのは、いつだ」

「まだだ。まだ、決まっていない」

「御救党は何人いる」

「お、おれは九番。おれより遅くくわわった者はいないはずだ」

総勢九人ということらしい。すでに三人斃《たお》し、この間中をくわえれば四人、残りは五人ということになる。

「殿と呼ばれている者が、頭目だな」

「か、影で指図しているが、頭ではない。われらの将来を約束してくれた方だ」

「うぬらの将来をな」

殿と呼ばれている男、羽黒、米原は、別格の存在らしい。その三人が陰で、牢人や旗本、御家人の冷や飯食いなどを、士官や昇進であやつっているのではあるまいか……。

「では、御救党の頭はだれだ」

「一番の日下部どの……」

「そうか」

日下部以下、九人の者たちが御救党として動いていたようだ。

そのとき、間中の上体が、前後に揺れだした。息はさらに荒くなり、喉から喘鳴も聞こえた。そう長くはない。

「殿とは、何者だ」

影の首魁であろう。左近は正体が知りたかった。

「おれにも分からぬ。……ち、ちかごろは、隠れ家に姿もみせぬ。よ、米原さまや日下部どのとは、柳橋の、は、浜田屋で……」

そこまで話したとき、間中はがっくりと首を垂れた。こと切れたようである。

「柳橋の浜田屋か」

どうやら、そこが密会の場らしい。

……約束どおり、佐野と同じように始末してやろう。

血まみれの死体に目を落として、左近がつぶやいた。

左近は、死体を神田川の岸まで運び、ちかくの桟橋に舫ってあった舟を漕ぎ寄せた。そして、死体を乗せると大川まで舟を漕ぎ、水中に投じた。

第六章　傀儡《くぐつ》

1

障子の間から微風《そよかぜ》が流れ込んできていた。秋の気配を感じさせる涼風である。四ツ（午後十時）過ぎ、辺りは静寂にとざされ、庭ですだく虫の音《ね》だけが聞こえていた。

亀田屋の離れに、五つの人影があった。岩井、茂蔵、左近、弥之助、それに今夜はお蘭の姿もあった。

「だいぶ、様子が知れてきたが、まず、左近から話してくれぬか」

岩井がいった。おだやかな声音である。

すぐに、左近は横瀬道場の間中を尾行したこと、馬喰町の荒れ寺に郡司と笹間という御救党の一味と思われる者がいたことなどを話した。

左近の話を聞いていた弥之助が、

「そこが、馬喰町の隠れ家ですぜ」

と、口をはさんだ。いつもの町人言葉である。

「おれも、そう思う。間中、郡司、笹間の三人はそこを拠点として動いていたようだ。おそらく、馬喰町で騒ぎを起こすために窮民を手なずけていたのであろう」

左近はそう話し、さらに、間中に尾行をかわされ立ち合って斬ったこと、その際の尋問で分かったことなどを話した。

「すると、御救党は総勢九人ということで」

脇から、茂蔵が口をはさみ、

「これで、一味が知れましたぜ。四人が死に、残りは日下部、郡司、笹間、それに、元鳥越町界隈を仕切っている矢島《やじま》武平次《ぶへいじ》、進藤栄次郎《しんどうえいじろう》の五人ということになりやす」

後をつづけて、弥之助がいった。

弥之助によると、佐久間町の隠れ家を見張り、顔を出した牢人を尾行して矢島と進藤をつきとめたという。元鳥越町界隈で打壊しを扇動しているのは、矢島と進藤とのことであった。

「それで、どうだ。すぐにも、騒動を起こしそうな気配か」

岩井が気になっていたことを弥之助に訊いた。

「いつとは、もうせませぬが、密談などを聞いていますと窮民などはだいぶ興奮し、いまにも押し出すような雰囲気でございます」

岩井に対し、弥之助は丁寧な武家言葉でいった。

「うむ……。早く手を打たねばならぬが、まだ、殿と呼ばれる者の正体は知れぬのだな」

岩井は左近に目をむけた。

「はい、間中自身も知らぬようでした。ちかごろは隠れ家にも姿を見せぬとか。……ただ、米原や日下部とは、柳橋の浜田屋で密会することもあるそうでございます」

「浜田屋な」

そういって、岩井はお蘭の方に顔をむけた。

「浜田屋なら知ってますよ。わたしも、ときどき客に呼ばれていきますから。老舗の料理屋で、贔屓《ひいき》にしているお武家さまも多いと聞いてます」

お蘭がいった。

「そうか、ちかいうちに三人が姿を見せるかもしれんぞ。ことを起こす前に、打ち合わせる必要があろうからな。弥之助、しばらく浜田屋に張り付いてくれんか。なんとか、殿と呼ばれている男の正体をつきとめたい」

「承知しました」

弥之助がうなずくと、岩井はふたたびお蘭に目をやり、

「お蘭、おまえにも頼む。三人の姿を見かけたら知らせてくれ。……それに、羽黒も姿を見せるかもしれん。そのときも、頼む」

岩井は、四人の身分と人相などを分かるかぎりお蘭に伝えた。

「分かりました。浜田屋の女将とは顔見知りですから、それらしい武家が客として見えたら、呼んでもらうように頼んでおきますよ」

お蘭が答えると、

「茂蔵、次はおまえから、つかんだことを話してくれ」

そういって、岩井は茂蔵の方に顔をむけた。

「わたしは、殺された村山と武田の身辺を探りました」

と前置きし、茂蔵が話しだした。

まず、茂蔵は村山と武田が殺される前に出入りしていた料理屋をあたった。いずれも高級な店で、ふたりには身分不相応と思われたからである。考えられるのは、饗応だった。

茂蔵が料理屋の奉公人や女中などから聞き込むと、相手は水野家（忠成）の家臣であることが分かった。名も身分も分からぬが、藩主に近侍する役らしいという。

さらに、何人かにあたるうちに、饗応だけでなく金品も受け取っていたことが分かった。宴席に出た女中が、袱紗包みを受け取ったところを目にしたという。

「証しはありませんが、わたしは、村山と武田が出羽守さまの弱みをつかみ、金品を要求したのではないかとみております。まだ、上さまが西の丸におられたとき、出羽守さまは上さまの御小納戸役として召し出されたと聞いております。そのころから、村山と武田は御小納戸衆でした。……ふたりは、当時の出羽守さまの落度か不正をつかんでいて、それをちらつかせ、出世した出羽守さまに金品をねだったのではないでしょうか」

「そうかもしれぬ」

　岩井がうなずいた。忠成は若い身で世子家斉の御小納戸に召し出され、追従や賄賂を武器に、いまの地位を築いたといわれていた。裏には不正や落度もあったであろう。それを御小納戸衆だった村山と武田が知り、口をつぐんでいるかわりに金品を要求したのである。もちろん、若年寄である忠成を直接強請《ゆす》ることなどできないが、家臣にそのことをちらつかせて暗に金品をねだる程度のことならするだろう。

「その村山と武田を、御救党が辻斬りの仕業に見せかけて消したのです」

　茂蔵は断定するようにはっきりといった。

「羽黒の場合と逆か」

　羽黒は、自分の不正を諫《いさ》めようとした金山を殺したのだ。ただし、目的は同じだった。両者とも弱みを握られた旗本の口を封じたのである。

「お頭、村山や武田と同席した出羽守さまの家臣ですが」

　そういって、茂蔵が岩井の方に膝を進め、

「名も身分も分かりませぬが、同席した女中の話では、恰幅のいい男で、いつも駕籠で店に来るというのです」と、目をひからせていった。

「そうか！　殿か」

岩井が膝を打った。

御救党の者たちに、殿と呼ばれている武士である。となると、御救党の黒幕であるその武士は、水野家の家臣とみていいようだ。

「出羽守さまと御救党のつながりが見えてきたな。……後は、殿と呼ばれている男の正体がつかめれば、一味の全貌がはっきりする」

沼津藩の藩主であり若年寄という幕府の要職にある忠成が、直接御救党にかかわったり、旗本の殺害を指示したりするとは考えられない。おそらく、忠実な家臣が忠成の意を汲んでひそかに動いているのであろう。

「ともかく、ちかいうちに一味は動く。頼んだぞ」

そういって、岩井が立ち上がった。

2

大川端の路傍に、廃舟が並んでいた。その脇に石段があり、石段の先がちいさな桟橋になっていた。石垣に寄せる川波の音が、絶え間なく聞こえてくる。

廃舟の陰に、弥之助は身を隠していた。黒の半纏に黒股引、船頭のような格好である。道を隔てた斜向かいに浜田屋の玄関先が見えた。弥之助がその場に身をひそめ、浜田屋を見張るようになって四日目である。まだ、それらしき武士は姿を見せていなかった。ときおり、お蘭も店に顔をだし、女将から話を聞いているようだったが、何の連絡もないようだった。

この日も、弥之助がこの場に身を隠してから一刻（二時間）ほど経つが、武士の来客はない。

すでに、五ツ（午後八時）ちかいだろうか。大川の水面を渡ってくる風には、秋を感じさせる冷気があった。

……今夜も、無駄骨か。

そうつぶやき、弥之助が半纏の襟元を合わせたときだった。

浜田屋の玄関先に駕籠が着いた。辻駕籠ではない。身分のある武士の乗る権門駕籠である。

弥之助は廃舟の陰から身を乗り出した。

駕籠から出て武士の姿が掛け行灯の灯に浮かび上がったが、後ろ姿でもあり、何者かは分からなかった。恰幅のいい武士で、壮年の感じがした。

いっときすると、さらに二人の武士が姿を見せた。ふたりは弥之助の前を徒歩で浜田屋にむかったので、すぐに分かった。米原と日下部である。

弥之助は緊張した。先に入った武士が、殿と呼ばれている武士とみていいようだ。どうしたものか、弥之助は迷った。三人の話を聞きたかったが、浜田屋にもぐり込むわけにはいかなかったのだ。

……ともかく、今夜は尾けるだけだ。

弥之助は、恰幅のいい武士を尾行して正体をつかんでやろうと肚《はら》をかためた。

三人の武士が店に入って、半刻（一時間）ほどしたときだった。お蘭が、玄関先から急ぎ足でこっちにむかってきた。いつ来たのか、お蘭は浜田屋にいたようだ。

お蘭は、まっすぐ廃舟の方にやってくる。弥之助がこの場にひそんでいることは知っているのだ。

「お蘭さん、どうしてここへ」

弥之助は、お蘭を舟の陰に引き入れてから訊いた。

「女将さんが知らせてくれてね。裏口から店に」

「それで」

「来たんだよ。岩井さまがいっていた米原と日下部だよ」

お蘭は目を剝いていった。

「もうひとりいたろう」

肝心なのは、恰幅のいい武士である。

「もうひとりは、五十がらみの武士だよ。名は分からない。米原が、殿さまと呼んでたけど」

「そいつだ。お蘭さん、やつの後は、おれが尾ける。お蘭さんは、それとなく三人の話を聞き込んでくれ」

「分かった」

「ただ、無理をしちゃァいけねえ。日下部は、平気で人を斬り殺す男だ」

「用心するよ。そっちも、気をつけておくれ」

そう言い置くと、お蘭は舟の陰から出て店にもどっていった。

お蘭の姿が店内に消えて、さらに半刻ほどして、玄関先に駕籠が着いた。恰幅のいい武士を乗せてきた権門駕籠である。

いっときすると、玄関先で話し声が聞こえ、いくつかの人影があらわれた。恰幅のいい武士、米原、日下部の三人である。三人は女将や仲居に送られて、玄関先へ出てきた。そのなかにお蘭の姿もあった。

まず、恰幅のいい武士が駕籠に乗り込み、米原と日下部が駕籠の脇についた。そして、そのまま駕籠とともに通りへ出ていく。

弥之助は駕籠をやりすごしておいて、後を尾けはじめた。薄雲が空をおおっていて、夜陰は濃かったが、駕籠の先の提灯が目印になったので、尾行は楽だった。

駕籠は柳橋のたもとでとまった。何やら声をかけて、米原と日下部は駕籠から離れていった。ふたりは、神田川沿いの道を浅草御門の方にむかい、駕籠は柳橋を渡っていく。米原と日下部は恰幅のいい武士の従者としてついて来たわけではなく、帰路の途中まで同行しただけのようだ。

弥之助は駕籠を尾けた。

駕籠は両国広小路を抜け、大川端を日本橋方面へむかっていく。前方の夜陰のなかに新大橋がぼんやりと見えてきたところで、駕籠は左手にまがった。大名の下屋敷や大身の旗本屋敷などがつづく通りを進んでいく。

駕籠は掘割に突き当たり、右手にまがるとすぐ、黒板塀をめぐらせた屋敷の敷地内に入っていった。武家屋敷には見えなかったが、敷地内には池を配した庭などもあり、旗本の別邸か富商の寮といった感じの建物だった。

弥之助が板塀に身を寄せて隙間から覗くと、駕籠から降りて屋敷のなかに入っていく武士の後ろ姿が見えた。

……ここか。

弥之助は、すこし気落ちした。なかはひっそりしていて、玄関先に出迎える家臣の姿もなかった。どう見ても、水野家の屋敷とは思えない。

この辺りは日本橋久松町で、町家が多かった。家並は夜の帳《とばり》につつまれ、寝静まっている。

弥之助はなかの様子を探ってみようと思い、板塀のまわりをめぐって見たが、洩《も》れてくる灯もなく、人声も聞こえてこなかった。

弥之助は、その場を離れた。明日、近所で聞き込んでみようと思ったのである。

翌日、陽が上ってから、弥之助はふたたび久松町に足を運んだ。さっそく、付近の米屋や酒屋などをまわって、屋敷の主のことを訊いてみた。

だが、屋敷の住人のことはなかなか知れなかった。一年ほど前から、剣持《けんもち》という身分のありそうな武士が住むようになったというだけで、旗本なのか、藩士なのかさえ分からない。

それでも、界隈を足を棒にして訊き歩いた結果、水野家の家臣だったらしいことが分かった。

堀沿いにあった一膳めし屋のあるじが、

「そういえば、あの屋敷に奉公しているという中間が、以前は水野家にお仕えしていたのだが、いまは隠居所で下働きをしているようだ、とぼやいてるのを聞いたことがありますよ」

と、口にしたのだ。

さらに、弥之助は屋敷の裏口から出てきた青菜売りをつかまえて訊くと、屋敷内には五十がらみの武士、若党と中間がひとりずつ、それに女中と下働きの男がいるだけだという。駕籠のことがあったので、陸尺《ろくしゃく》のことを訊くと、くわしいことは分からねえが、駕籠を出すときはどこからか都合してくるようだ、と話した。

久松町の家並は暮色につつまれ始めていた。黒板塀のそばから離れた弥之助の足は、本郷へむかっていた。ともかく、岩井に報《し》らせようと思ったのである。

3

弥之助が久松町で訊きまわっていたころ、お蘭は岩井邸からちかい神田三河町の笹《ささ》ノ屋《や》というそば屋の座敷で岩井と会っていた。米原たちの話を耳にし、それを伝えるために亀田屋に行き茂蔵に使いを頼んだところ、それなら、わたしと会いに行きましょう、といわれ、三河町まで足を運んできたのである。

お蘭が茂蔵に待つようにいわれた笹ノ屋の座敷で、小半刻（三十分）ほど待つと、岩井と茂蔵が顔を出した。

「お蘭、何か知れたか」

座敷に腰を落ち着け、頼んだ酒肴がとどいたところで、岩井が訊いた。

「はい、米原たち三人が話しているのを耳にしましたもので、まず、岩井さまにお知らせしようと思い、まいりました」

そう切り出し、お蘭は女将に呼ばれて浜田屋に出かけたことや弥之助と会ったことなどかいつまんで話した。
二、三度、岩井と茂蔵が猪口を口にしたが、ほとんど酒はすすまなかった。それだけ、三人は話に集中していたのだ。
「すると、弥之助は殿と呼ばれている武士を尾けたのだな」

岩井が膝を乗り出すようにして訊いた。

「はい、そういっていました」

「それで、お蘭はどうした」

「わたしは、女将さんにお願いして、座敷に出させてもらいました」

そういって、お蘭はその夜のことを話しだした。

お蘭は、米原たちが他人を前にして大事なことを話すとは思えなかった。それで、すぐに三人のいる座敷には入らず、廊下の隅に立ちどまって聞き耳をたてた。すると、ぼそぼそとくぐもったような話し声が聞こえてきた。身を寄せて密談しているらしく、はっきりとは聞こえなかったが、断片的にお蘭の耳にとどいた。

「……町方の動きは、という声が、何度か、聞こえました。そして、仲間が何人か姿を消しているので、猶予はない、と、すこし苛立ったような声がし、三日後の午後、ことを起こすよう手配しろ、と強い口調でいう声が聞こえたのです」

「三日後とな」

念を押すように、岩井がいった。

打壊しを起こす日とみていい。それが昨夜の話なら、決行は明後日ということになる。すぐにも手を打たねばならない。

「はい、その後、拙者の許に集めて伝えましょう、と応える声がしました」

「拙者の許とは」

岩井が訊いた。

「わたしには、分かりません」

「うむ……。佐久間町の隠れ家かもしれぬ」

と、岩井は思った。座敷にいたのは、殿と呼ばれている武士、米原、日下部の三人だった。馬喰町の隠れ家を拠点としているのは郡司と笹間、元鳥越町のそれは矢島と進藤である。となると、日下部や米原が、拙者の許と口にする場所は、佐久間町の隠れ家ということになるのだ。

「わたしも、そう思います」

そういって、茂蔵もうなずいた。

「わたしが、耳にしたのはそれだけです。大事な話のようだったので、早く岩井さまに知らせようと」

お蘭によると、廊下の隅に立ってそこまで話を聞いたとき、料理を運んでくる女中の足音がしたという。

お蘭は急いで座敷に入った。思ったとおり、お蘭が座敷に姿を見せると、三人は掌を返したように世間話などを始め、密談めいた話はいっさいしなくなったという。

「よくやった、お蘭。あやうく、大事が出来《しゅったい》するところだったぞ」

岩井がいった。本音である。江戸の町に騒擾を起こさせてから、御救党を始末しても遅いのである。

「よかった、岩井さまのお役にたてて」

お蘭も嬉しそうに顔をくずした。

三人はとどいたそばをすすると、すぐに笹ノ屋を出た。

その夜遅く、弥之助も調べたことを報らせるため岩井邸に姿を見せた。

話を聞いた岩井は、いっとき虚空に目をとめていたが、

「剣持か……。聞いたことのない名だが、側近らしいので出羽守さまの側役か小姓であろうな」

弥之助の方に顔をむけていった。

「わたしも、そう思いました」

「その男、出羽守さまの傀儡《くぐつ》かも知れぬな」

岩井の顔から、いつものおだやかな表情は消えていた。

「傀儡……」

「しかも、あやつっている糸を切れば、水野家とのかかわりは断てるようにしてあるようだ」

岩井は狡猾《こうかつ》な手だと思った。事件が発覚しても、忠成や水野家に累が及ばぬよう、表向き剣持と絶縁したにちがいない。

「だが、こたびの御救党の一件、われらの手で仕置せねばならぬぞ」

岩井が重い声でいった。

「心得ております」

「いよいよ、明晩だ」

虚空を睨んだ岩井の双眸には、するどいひかりが宿っていた。影目付の頭らしい凄味のある顔である。

4

頭上で、月が皓々《こうこう》とかがやいていた。五ツ半（午後九時）ごろである。風があった。稲荷の境内をかこった樫《かし》の葉がざわざわと揺れていた。ちいさな祠の前に、三人の人影があった。岩井、左近、茂蔵である。

三人の身装はいつもとちがっていた。岩井は、背割りの野羽織に野袴、黒塗りの陣笠をかぶっている。一方、左近と茂蔵は、膝《ひざ》切り半纏《はんてん》にたっつけ袴、手甲脚半をつけ、足元は武者草鞋でかためている。影目付としての戦闘装束だった。

「お頭、弥之助が来ました」

通りにちかい鳥居のそばで、見張っていた茂蔵が声をかけた。

見ると、弥之助がこっちに走ってくる。弥之助の装束も、左近たちと同じだった。

「お頭、町方が動き出しました」

弥之助が報告した。

岩井たちは、佐久間町の神田川沿いにある稲荷にいた。御救党の隠れ家から、二町ほどの場所である。

岩井はお蘭から話を聞いた翌朝、八丁堀へ出かけ、出仕途中の内藤槙之介に会って、御救党が佐久間町、馬喰町、元鳥越町の隠れ家に集まることを伝えた。

岩井は、敵が多勢過ぎて、四人の影目付だけでは手に負えないとみていた。それに、御救党のすべてを闇に葬るわけにはいかなかった。町方の手で何人かは捕縛させ、江戸の市民に御救党を捕らえて処罰したことを知らせねばならないのだ。それで、岩井は内藤の手を借りて、一味を始末しようとしたのである。

「い、いつだ」

内藤は目を剝いて訊いた。

「おそらく、今夜」

打壊しの蜂起は、明日だった。となれば、今夜、主だった者たちが会って細部の打ち合わせをするはずだった。

「まちがいないな」

内藤は顔を赤らめて念を押した。

「集まるのは、夜だ。手先を配して、確かめたらよかろう」

「わ、分かった。……おぬし、そのことを、どうして知ったのだ」

内藤は驚きと不審の入り交じったような顔をして訊いた。

「なに、むかしの手蔓でな。偶然、知っただけのことだ」

岩井はとぼけた。

「よし、今度こそ、一網打尽にしてくれる。森川屋の二の舞いはせぬ」

内藤は虚空を睨むように見すえていった。

「そのことだがな。佐久間町に大勢集まるだろうが、同時に、馬喰町、元鳥越町の隠れ家も襲撃した方がいいぞ。きゃつらは、町方の手が伸びたことを知れば、行方をくらますだろうからな」

「分かった。そうしよう」

内藤は岩井に礼をいって、奉行所にむかった。

一方、内藤と別れた岩井は茂蔵、左近、弥之助の三人を亀田屋に集め、今夜の手筈を指示した。

「佐久間町に集まる人数にもよるが、日下部、郡司、その他手練の者は、捕吏の手から逃れるかもしれぬ。……その者をわれら影目付が斬る」

岩井が低い声でいった。

岩井は、今夜こそ御救党を壊滅させるつもりでいた。

そして、四人は陽が沈むころに佐久間町のこの稲荷に着き、まず隠れ家の様子を見るために弥之助をさしむけたのである。

「隠れ家に集まっている人数は」

岩井が訊いた。岩井たち四人は、そのことも確認するため、まだ暗くならないうちから弥之助を見張らせておいたのだ。

「十数人。日下部、米原、郡司、矢島、それに牢人と町人が、十人ほど」

「やはり、明日、蜂起するつもりのようだ。今夜は、主だった者が集まって最後の詰めをしているのであろう」

笹間と進藤は、馬喰町と元鳥越町の隠れ家にひそんでいるようだ。内藤の指示で、それぞれの隠れ家にも捕方がむかっているので、取り逃がすことはないだろう。

「まいろうか」

岩井が祠の前から通りへ歩をすすめた。後に、茂蔵、左近、弥之助の三人がしたがう。

四人の短い影が、乾いた地面の上をすべるように過ぎていく。

四人は、焼け焦げた家の残骸の陰に立った。そこから御救党が隠れ家にしている仕舞屋が見える。なかに人がいるらしく、灯が洩れていた。

「土塀や藪の陰に町方が」

弥之助が指差していった。

見ると、所々くずれた土塀の陰に黒い人影が折り重なり、夜陰のなかで蠢《うごめ》いているように見えた。すこし離れた藪の陰にも、いくつかの人影がある。

「さすが、内藤だ。あれなら、森川屋でしくじった轍《てつ》は踏むまい」

捕方の人数も多いようだったが、多くの捕方に、袖搦《そでがらみ》、刺股《さすまた》、突棒《つくぼう》などの長柄の捕具を持たせていた。森川屋で一味を取り逃がした経験から、刀をふりまわす下手人を取り押さえるには、長柄の捕具が有利だと分かったようだ。

「お頭、始まりますよ」

茂蔵がいった。

夜陰のなかに、ひとつ、ふたつ、御用提灯の灯が点《とも》ると、すぐに仕舞屋のまわりを提灯の灯が取りかこんだ。

同時に、土塀や藪の陰から人影がいっせいに動きだし、御用！　御用！　という声が夜の静寂を破った。

交差する人影、揺れる提灯の灯、捕具の触れ合う音……。つづいて、雨戸を蹴破る音や家具を倒すような音がし、家のなかにいた者たちがばらばらと飛び出してきた。姿を見せた男たちを町方が取りかこむ。怒号や悲鳴が飛び交い、武士は白刃をふりまわし、町人は逃げまどっている。

「ひとり、捕方のかこみを切りぬけましたぞ」

茂蔵がいった。

武士らしい人影がひとつ、くずれた土塀を越え、こっちへ走ってくる。

「牢人のようだな」

着古した単衣と袴姿だった。抜き身をひっ提げて、喘ぎながら逃げてくる。横鬢から頬にかけて血に染まり、月明りのなかにどす黒く見えた。

「わたしが、仕留めましょう」

茂蔵が、逃げてくる牢人の方に走りだした。

茂蔵の巨軀が、逃げてくる牢人の方に迫る。濃い茶の装束に身をつつんだ茂蔵の巨軀は、熊のようだった。

岩井がうなずいただけで、三人は動かなかった。牢人の始末は茂蔵にまかせ、仕舞屋の方を凝《じっ》と見つめている。

「うぬも、町方か！」

ひき攣《つ》ったような牢人の声が聞こえた。

茂蔵は無言だった。だらり、と両手を下げたまま、ゆっくりと牢人との間をつめていく。

双眸が鋭くひかり、恵比寿のような福相が影目付らしい剽悍な顔に豹変している。

だが、牢人は素手の茂蔵をあなどったようだ。殺気に満ちた目で茂蔵を睨むと、

「死ねイ！」

叫びざま、斬り込んできた。

瞬間、茂蔵の体が躍った。巨軀とは思えない敏捷な動きだった。頭上にのびてきた牢人の刀身の下をくぐるように、手元に飛び込んだのである。

ヤアッ！

茂蔵は、短い気合とともに牢人の手首をたたいた。

刀身が夜陰に跳ね飛び、牢人の体が泳いだ。間髪をいれず、茂蔵は体勢をくずした牢人の胸元に飛び込み、襟と袖をつかんで投げ飛ばした。

「もらった！」

一声上げて、茂蔵はあお向けに倒れた牢人にまたがると両襟をつかんで首を絞め上げた。

牢人は怒張したように顔をどす黒く染め、目を剝き、泡を嚙み、呻き声をもらしたが、い

っときすると、首をがっくりと後ろに折った。

5

「また、かこみを逃れた」

弥之助が声を上げた。

「今度は三人、日下部と郡司がいるようだ」

そういって、左近が腰刀の鯉口を切った。

まず、長身の武士が捕方のかこみをやぶり、つづいてふたりの武士が捕方の手から逃れてきた。長身の武士が日下部のようである。その後ろに、ひとりつづき、さらに背後から守るように白刃をひっ提げた郡司がついてきた。

三人はこっちに向かって走ってくる。数人の捕方が追ってきたが、逃げ腰だった。日下部と郡司の腕におそれをなしたのかもしれない。

「もうひとりは、米原……。日下部と郡司が、米原を逃がすつもりのようです」

弥之助はふところの布袋に手をのばし、鉄礫を握った。

「おれたちの出番のようだな」

岩井が、三人の方に歩きだした。その両脇に、左近と弥之助がついた。

岩井たちは、逃げてくる三人の行く手をふさぐように立った。

「うぬら、何者だ！」

日下部が誰何《すいか》した。

「われらは亡者……」

岩井が低い声でいった。

表情のない顔をしていたが、日下部を見据えてうすくひかっている双眸には、相手を射竦《いすく》めるような凄味が宿っていた。

「うぬらだな、われらの同志を斬ったのは！」

日下部の顔が憤怒に染まった。

その長身を猛々《たけだけ》しい闘気がつつんでいた。日下部は殺気に満ちた目で岩井を睨みながら刀を抜いた。日下部の抜刀と同時に、左近が郡司のいる後方に走った。弥之助は、米原の前にすばやくまわり込む。

岩井はゆっくりとした動きで抜刀し、青眼に構えた。切っ先がピタリと日下部の左眼につけられている。腰の据わった大きな構えである。

対する日下部は、八双ではなく上段に構えた。八双から一気に間をつめて首を薙《な》ぎ払う刀法は、岩井には通じぬと読んだのであろうか。

長身の上に、刀身を頭上に振りかぶった日下部の上段は、まさに大樹のようだった。日下部は全身に気勢をみなぎらせ、痺れるような殺気を放射していた。いまにも、頭上へ斬り込んでくるような迫力がある。

上段は攻撃の構えで、火の構えともいわれるが、まさに、日下部のそれは烈火のごとく、激しい気勢に満ちた上段だった。どうやら、日下部は上段から斬り下ろす剣を得意としているようだった。

……できる！

岩井は、日下部の腕のほどを察知した。

日下部は趾《あしゆび》を這うようにさせて、ジリジリと間合をせばめてきた。上からおおいかぶさるような威圧がある。

岩井は、剣尖に気魄《きはく》を込めて日下部の威圧に耐えた。

一足一刀の間境《まざかい》の手前で、日下部の寄り身がとまった。ふたりは気で攻め合いながら、対峙していた。ふたりの周辺だけ、時がとまったような静寂につつまれた。張りつめた剣の磁場のなかで、日下部の口元からかすかな息の音が洩れている。

フッ、と、岩井が剣尖を下げた。岩井の誘いだった。刹那、日下部の左肘がピクッと動き、全身に斬撃の気が疾《はし》った。

間髪をいれず、岩井の体が躍動した。

イヤァッ！

タァッ！

両者の気合が夜陰をつんざき、白刃がひらめいた。

日下部の刀身は上段から岩井の面へ。岩井のそれは、敵の斬撃を撥《は》ね上げざま胴へ。

両者の間で、甲高い金属音がひびき、青火が散った。

日下部の刀身ははじかれ、体勢をくずしながら払った岩井の胴は、着物をかすめただけで流れた。

一合したふたりは交差し、反転して、ふたたび構え合った。

だが、今度はふたりとも激しく動いた。日下部は上段に構えると、すぐに遠間《とおま》から岩井の手元に斬り込んできた。

岩井はその斬撃を鍔で受けざま籠手へ斬り込み、すかさず日下部は二の太刀を逆袈裟に斬り上げた。両者ははじかれように背後に跳び、また構え合う。

……とらえた！

岩井の手に肉を斬った感触が残った。切っ先が、日下部が逆袈裟にふるった瞬間の右手の甲をとらえたのである。

岩井の野羽織の肩口が裂けていたが、肌まではとどいていない。一方、日下部の右手の甲は深くえぐられたらしく、傷口から白い骨が覗いていた。見る間に、傷口から血があふれ出、だらだらと流れ落ちた。

「お、おのれ！」

ふいに、日下部の顔がゆがんだ。

白い歯を剝き、目がつり上がっている。般若のような形相である。

日下部は甲高い気合を発し、岩井の頭上へ斬り込んできた。無防備な、唐突な斬撃だった。腰が浮き、斬撃に鋭さがない。

岩井は体《たい》をひらいて、この斬撃をかわしざま胴を払った。

ドスッ、というにぶい音がし、日下部の上体が前に折れたようにかしいだ。日下部はそのまま前に泳ぎ、腹を左手で押さえて両膝を地面に突いた。

岩井が刀を下ろし、日下部に歩み寄ろうとしたときだった。

「もはや、これまで！」

と叫ぶなり、日下部は手にしていた刀身を両手でつかみ、己の喉に突き刺した。

日下部は、前屈みのまま動きをとめた。ぼんのくぼから、わずかに切っ先が突き出ている。

「自害しおったか」

岩井は日下部の脇に近寄った。

握った刀身をつたって、血が流れ落ちていた。かすかに日下部の両肩が上下し、喉元から喘鳴が洩れていたが、やがてその動きと音がとまった。

日下部はひざまずき、刀身を己の喉に突き刺した格好のままで果てた。


岩井と日下部が対峙していたとき、左近も郡司と相対していた。

「横瀬道場の郡司兵馬か」

左近が抑揚のない声でいった。

「いかにも。うぬだな、道場を見張っていたのは」

「そうだ。佐野と間中を斬ったのは、おれだ」

「おのれ！　生かしてはおかぬぞ」

怒りの声を上げ、郡司が抜き放った。

郡司の構えは青眼。対する左近は切っ先を敵の下腹につける下段である。

ふいに、郡司が身震いし、わずかに身を引いた。左近の異様な雰囲気に気圧《けお》されたようである。

左近は表情のない冷たい顔をしていた。額に垂れた前髪の間から、郡司を見つめた目がうすくひかっている。

左近は無言のまま間合をつめはじめた。切っ先でそのまま腹を突いてくるような威圧がある。

だが、郡司も鏡新明智流の達者だった。すぐに気を奮い立たせ、己の剣尖に気魄を込めて、間合に入れば斬り込む、という気配を見せた。

左近は寄り足をとめなかった。足裏で地面をするようにして、間をせばめていく。月光を反射《はね》た刀身が、銀蛇のようにうすくひかっている。

タアッ、郡司が短い気合を発し、剣尖をわずか沈めた。牽制である。斬撃の色（気配）を見せ、左近の寄り身をとめようとしたのである。

かまわず、左近は斬撃の間に踏み込んだ。

刹那、郡司が反応した。

裂帛の気合を発しざま、青眼から袈裟に斬り込んできた。郡司の得意とする袈裟斬りの太刀である。

間髪をいれず、左近が下段から刀身を撥ね上げた。刀身のはじき合う甲高い音がひびき、両者の体《たい》が左右に跳ね飛んだ。その瞬間、左近は体をひねりながら、二の太刀を袈裟にふるった。一瞬の、流れるような体さばきである。

左近の切っ先が、体勢のくずれた郡司の肩口をとらえた。

郡司の右肩口が割れ、ひらいた肉の間から白い鎖骨が見えた。次の瞬間、血が激しい勢いで迸《ほとばし》り出た。

なおも、郡司は刀を構えようとした。だが、右手が自由にならず、切っ先が笑うように震えている。

左近は容赦しなかった。素早い動きで間合をつめると、郡司の刀身をはじき、一瞬棒立ちになった郡司の首筋へ斬り込んだ。

骨を断つ鈍い音がし、郡司の首ががっくりと後ろへかしいだ。横一文字に払った刀身が、郡司の頸骨までも断ったのだ。同時に、首根から赤い帯のように血が走った。鮮血が帯状に噴出した様は、まさに走ったように目に映じる。

左近は、己の顔に飛んだ返り血を手の甲でぬぐいながら、血振《ちぶ》り（刀身を振って血を切る）をくれ、郡司の死体に目を落とした。その顔にかすかに朱がさしていたが、表情は変わらなかった。

6

岩井は、すばやく辺りに目を配った。ちょうど、左近が郡司を仕留めたところだった。茂蔵は岩井の背後にいた。日下部との戦いによっては、岩井に助勢するつもりだったようだ。

一方、弥之助は、うずくまっている米原のそばに駆け寄るところだった。

岩井は弥之助の方へ歩み寄った。

「どうした、弥之助」

「逃げられぬとみて、自害したようです」

見ると、地面に米原は胡座をかいたまま首をうなだれていた。その首根から血が、流れ落ちている。手に、小刀を握りしめていた。己の首を刺したが、刀身は抜けてしまったようだ。

「わたしの鉄礫を脇腹に受け、観念したようです」

「そうか。主家へ累が及ばぬよう、みずから命を絶ったのであろう」

そういって、岩井は仕舞屋の方へ目をやった。

日下部たちを追ってきた捕方の一群が、そろそろとこっちへ近付いてくる。

その一群の後方では、まだ捕物がつづいていた。御救党の何人かが捕方に抵抗しているようだが、逃れられそうな者はいなかった。血まみれで刀を振りまわしている者、長柄でかこまれて身動きできなくなっている者……。いずれも、囲みをやぶる余力は残していないようだ。

「長居は無用」

すぐに、岩井はきびすを返し、神田川の方へ足早にむかった。後に、左近、茂蔵、弥之助の三人がつづく。

四人はそのままの足で神田川にかかる和泉橋を渡り、日本橋久松町へと足をむけた。もうひとり、今夜中に始末をつけたい男がいたのだ。御救党の影の首魁とみられた剣持である。

途中、四人は馬喰町の隠れ家に立ち寄った。もっとも、山門の陰から境内を覗いて見ただけである。

ちょうど、縄をかけられた男が三人、町方に引っ立てられていくところだった。それとは別に、境内に倒れている男がふたりいた。いずれも武士だが、すでに絶命しているようだ。山門の方にむかってくる一行の先頭にいるのは、定廻り同心の楢崎だった。連行されていくのは、牢人がひとりと粗末な身装の町人がふたりだった。どうやら、こちらは始末がついたようだ。

岩井たち四人は、楢崎たちが通り過ぎるのを持って、その場を離れた。

久松町に入り、掘割に突き当たったところで右手にまがると、

「お頭、あれです」

弥之助が、前方を指差した。

黒板塀をめぐらせた屋敷がある。ひっそりとして、住人は寝静まっているように見えた。板塀のところまで、近寄って見たが、洩れてくる灯もない。あと半刻（一時間）もすれば東の空が白んでくるだろうが、まだ、深い夜の帳《とばり》が屋敷をつつんでいた。

「いまなら、捕らえられるかもしれぬ」

そういって、岩井は屋敷の裏手へまわった。

枝折り戸を押して敷地内に入ったが、裏口や窓は雨戸がしまっていて簡単に入れそうもなかった。周囲の叢《くさむら》から虫の音が聞こえるだけで、人声も物音もしない。三人は足音を忍ばせて、庭の方へむかった。

「何かあったようだ」

弥之助がいった。

庭に面した座敷の障子がはずれたり、桟ごと大きく破れたりしている。なかは見えなかった。かすかに東の空が白んできていたが、まだなかは闇にとざされている。

「血の臭いだ」

そういって、岩井が座敷に踏み込んだ。

暗くてはっきりしなかったが、座敷に人らしき黒い塊が横たわり、畳や障子にどす黒い血が飛び散っていた。澱《よど》んだような闇のなかに血の濃臭がただよっている。

目が闇に慣れてくると、座敷に四人横たわっているのが確認できた。いずれも、おびただしい血を流し、絶命していた。

「お頭、この男が剣持です」

弥之助が死体に目をやりながら、浜田屋で見かけた武士です、といい添えた。

男は両足をまげ、小刀を手にして横たわっていた。喉元から激しく出血したと見え、周囲は血の海だった。左脇に血糊のついた大刀が置いてあった。

「自刃か……」

剣持はみずから喉を突いて果てたようである。

……こやつ、主家を守るために。

岩井は、剣持が水野家とのかかわりを完全に断つために自害したことを察知した。

それからいっときすると、部屋のなかに仄白いひかりが忍んできた。払暁の時がちかづいたようだ。明るくなると、部屋のなかの様子がはっきりしてきた。

座敷は酸鼻をきわめていた。死体のそばに刀を握ったままの腕がころがり、血が座敷中に飛び散り、障子や襖が破れていた。激しく斬り合ったようである。

　他の三人は、総髪の牢人体の男、若党と思われる侍、それに中間だった。牢人体の男も、大刀で喉を突いて死んでいた。肩口に刀傷があった。

　ころがっている腕は、若党のものだった。どうやら、牢人体の男と若党が斬り合ったようだ。若党は腕を斬られ、逃げるところを背後から首筋を斬られたらしい。中間は正面から胸を突かれていた。中間を殺したのは、剣持かもしれない。剣持の脇に血刀があったことから、それと推察できる。

「口封じのためだな」

　ぼそりと、左近がいった。

　岩井も、そうだろうと思った。剣持と牢人が、自害する前に水野家とのかかわりを知っている若党と中間を殺害したようだ。

「この牢人が、馬喰町から報《し》らせに来たのではないかな」

　岩井は、剣持と同様、水野家とかかわりのある者が牢人をよそおい、御救党に潜入していたのかもしれないと思った。牢人は剣持にことの次第を知らせ、若党と中間を始末した後、剣持とともに自害したのであろう。

　……哀れな。ふたりとも、水野の野望に踊らされた傀儡であろう。

岩井は胸のなかで、忠成を呼び捨てていた。いいようのない怒りがわいた。

主家を思う気持の強い家臣を選び、お家の大事のためと言い含めて、このような役回りを命じたにちがいない。

岩井が虚空に目をとめていると、屋敷の奥の方で物音がした。

「お頭、まだ、だれかいるようです」

弥之助が低い声でいった。

物音がするのは台所の方だった。すぐに、弥之助と左近が足音を忍ばせて、台所の方にむかった。岩井はふたりの後に跟いた。

台所に行ってみると、竈《へっつい》の陰から男がひとり、土間へ這い出てきたところだった。腰切半纏《こしきりばんてん》に股引姿の初老の男だった。下働きの男らしい。

「お、お助けを……」

男は身震いしながら、近寄った弥之助たちに手を合わせた。どうやら、座敷の斬り合いに気付き、竈の陰に身を隠していたらしい。

「おれたちは、盗人じゃァねえ。とっつァんに、手は出さねえから安心しな。……それで、おめえの名は」

弥之助がふだんの物言いで訊いた。

「へ、へえ、六助《ろくすけ》で」

「六助、昨夜の様子を話してみろ」

弥之助にいわれて、六助がとつとつと話し出した。

それによると、夜更けに牢人者が訪ねてきた後、若党と中間が座敷に呼ばれ、急に斬り合いが始まったという。

「あっしは、おそろしくて。ここに隠れてました……」

どうやら、辺りが明るくなってきたので、竈の陰から這い出てきたらしい。

「そうかい。それで、おめえ、いつごろからここで奉公してるんだい」

「一年ほど前からで」

「一年か。それでも、いくらかは知ってるだろう」

そういって、弥之助が剣持の素性や水野家とのかかわりなど、いろいろ質したが、六助は何も知らなかった。剣持たちが六助を斬らなかったのは、生かしておいても自分たちのことを話す恐れはないと判断したからであろう。

念のため、女中のことも訊いてみると、やはり一年ほど前から通いで来ているすこし耳の遠い女だという。六助と同様、聴取しても期待できそうもなかった。

「六助、町方が調べにきたら、内輪の揉め事でこうなったと話すがよい」

そういい置いて、岩井は外に出た。弥之助と左近もつづいた。

東の空に日輪が、かがやいていた。通りへ出ると、あちこちから人声や物音が聞こえてきた。江戸の町が動き出したのである。

7

「それでは、みなさん、ごゆるりと」

そういい置くと、女将のお静は座敷から出ていった。

柳橋の料理屋、菊屋である。二階の座敷には、岩井、茂蔵、左近、弥之助、それにお蘭の姿もあった。

「旦那、おひとつ」

岩井の脇に座ったお蘭が、銚子を取った。

「それにしても、羽黒はあっけなかったな」

岩井が、酒をついでもらいながらいった。

御救党を始末してから一月ほど過ぎた三日前の夜、岩井たちは羽黒を斬っていた。

それまで、登城以外に屋敷を出なかった羽黒が、柳橋の浜田屋に姿を見せた。何事もなく一月ほど過ぎて油断が生じたのか、あるいは何としても顔を出さねばならぬ談合だったのか。羽黒が水野家の御留守役とともに、御用商人の宴席に顔を出したのである。

羽黒が柳橋に来たことを岩井に知らせたのは、いつものようにお蘭だった。岩井は念のために茂蔵と左近を連れて、羽黒の帰り道である柳原通りで待ち伏せした。

四ツ（午後十時）過ぎ、和泉橋のたもとで見張っていた茂蔵が、

「お頭、羽黒がこっちにきます」と、知らせた。

駕籠ではなく徒歩で、従者は若党らしき侍と提灯を持った中間だという。

「辻斬りに見せよう」

岩井は、ふところから黒覆面を出して顔を隠した。茂蔵と左近も覆面をかぶった。

「くるぞ」

茂蔵が声を殺していった。

見ると、和泉橋の方から提灯がこっちにむかってくる。

「では、わたしと茂蔵とで」

左近がいった。従者の人数によっては、岩井も襲撃にくわわることになっていたが、若党と中間だけなら、ふたりで十分である。それに、中間は逃がすことになっていた。下手人が、辻斬りか物盗りであることを口にさせるためである。

羽黒たちが近付いたとき、ひそんでいた樹陰から左近と茂蔵が飛び出した。左近が前に立ち、茂蔵が後ろの逃げ道をふさいだ。

「な、何者だ！」

若侍が、甲走った声を上げた。提灯を手にした中間は、震えながら若侍の後ろへまわった。

「刀の斬れ味を試させてもらう」

いいざま、左近が抜刀した。

背後をかためた茂蔵も刀を抜いた。茂蔵は辻斬りに見せるため、柔術ではなく刀を遣うつもりでいたのだ。

「つ、辻斬りか。殿、後ろへ！」

若党は、羽黒を守ろうとして刀を抜いた。だが、腰が引け、刀身が笑うように震えている。

左近は下段に構えたまま一気に間合をつめた。

イヤアッ！

ふいに、若党が気合とも悲鳴ともつかぬようなひき攣《つ》った声を上げて斬り込んできた。

左近は頭上に伸びてきた刀身を、体《たい》をひらいてかわしざま胴を払った。左近の手に重い手応えが残り、若党の上体が折れたように前にかしいだ。左近の払い胴が、若党の腹を深くえぐったのだ。

若党は腹を押さえたまま地面にうずくまった。すばやく、左近は若党の背後に立ち、刀を一閃《いっせん》させた。

頸骨を断つにぶい音がし、若党の首が前に垂れた。同時に、首根から驟雨のように鮮血が飛び散った。

そのとき、後じさっていた中間が、手にした提灯を放り出し、ワアッという悲鳴を上げて駆け出した。左近も茂蔵も追わなかった。

ボッ、という音をたてて路傍に落ちた提灯が燃え上がった。その炎のなかに、羽黒の姿が浮き上がった。四十がらみ、赤ら顔のほっそりした男である。怯えたように目を剝き、頰や首根の肉を激しく顫《ふる》わせていた。

逃げようとも、刀を抜こうともしなかった。

「……か、金ならやる。た、助けくれ」

羽黒は、前に立った左近に手を合わせた。

左近は無言だった。うすくひかる虚無的な目で羽黒を見つめたまま、刀身を振り下ろした。袈裟に、首根にはいった。羽黒の肩口から血が噴き上がり、腰からくずれるようにその場に倒れた。悲鳴も呻き声もなかった。即死である。

しだいに燃え上がった提灯の炎が細くなり、ゆっくりと幕を下ろすように闇が男たちをつつんだ。急に辺りが静かになり、血の噴出だけが、地の底から聞こえてくる断末魔の悲鳴のように耳にひびいた。

「仕置がすんだな」

いつ、そばに来たのか、岩井が羽黒の死体に目を落としてつぶやいた。

茂蔵が杯に手酌でつぎながら、

「町方も羽黒家の者も、辻斬りの仕業とみたようですね」

と、恵比寿のような顔に笑みを浮かべていった。

「逃げた中間が思いどおり、しゃべってくれたようだ」

そういって、岩井も満足そうに杯をかたむけた。

男たち四人は、今夜はいつもより酒がすすむようだった。無理もない。事件の始末がついたので、今夜は、岩井がひらいた慰労の宴だったのだ。

「お頭、わたしはすこし不満があるのですが」

弥之助がいいだした。

「なんだ」

「出羽守さまです。たしかに、みずから手を出したわけではないし、相手が大名ともなれば、おれたちの手で仕置するわけにもいかない。……ですが、何のお咎《とが》めもないというのは、どうも」

弥之助は不服そうな顔をした。

「たしかにな。だが、こたびの一件で出羽守さまが無傷というわけではないぞ。それなりの制裁を受けたようだ」

岩井は羽黒を始末してから、松平家の上屋敷で信明と会っていた。

「勘四郎、始末がついたようだな」

対座した信明は、機嫌よさそうにいった。

「されど、出羽守さまとのかかわりは何もつきとめられませんでした。始末できたのは、市中を騒がせた御救党と元側役《そばやく》の依田《よだ》三郎兵衛《さぶろうべえ》だけにございます」

御救党を始末した後、岩井は剣持の素性を探った。その結果、剣持は偽名で、沼津藩の元側役、依田三郎兵衛と分かった。

依田は何らかの咎で、沼津藩を追放されたことになっていた。ただ、その後も依田が江戸にとどまり、御救党を陰であやつっていたことをみれば、事件が発覚した場合のことを考えて、沼津藩と縁を切っておいたことは明白だった。

「依田は剣持と名を変え、羽黒の用人である米原とともに、牢人や御家人の次男、三男などに将来旗本として士官させることを約束し、御救党を陰であやつっていたようでございます」

見方によっては、依田自身も御救党をあやつる傀儡師であったのだ。

「うむ……。それにしても、出羽は狡猾な男だ。簡単には尻尾をつかませぬな」

「いかさま」

「だがな、出羽も城内では政情の不安を口にしなくなったし、急におとなしくなったぞ。おのれの計画が頓挫したことを知ったからであろう。それにな、出羽はひどく恐れておるようなのだ。怯えているといってもいい。御救党が壊滅させられたのも、依田や腹心の羽黒が殺害されたのも、町方や巷《ちまた》の徒牢人《いたずらろうにん》によるものではないと気付いたらしい。いつか、自分にも、殺害の手が伸びるのではないかとの危惧があるようだ。相手がわからぬだけに、よけい不気味なのだろう。……わしがな、城内で出羽に羽黒のことを口にすると、蒼ざめた顔で逃げるようにその場から去っていったぞ」

信明は、愉快そうに目を細めてつづけた。

「出羽は、しばらく目に見えぬ敵に怯えて過ごすことになろうな。勘四郎たち影目付が、鉄《てっ》槌《つい》を下したのじゃ」

信明はそういって、岩井たちの働きを褒めた。

そうした信明との話の内容を、岩井が四人に伝えると、

「そうですか。話を聞いて、溜飲が下がりました」

弥之助が顔をくずしていった。そばで聞いていた茂蔵と左近の顔にも満足そうな表情が浮いていた。

「さて、飲もうぞ。……御救党も傀儡《くぐつ》、依田も傀儡、われらもまた、伊豆守さまにあやつられている傀儡でござる。いつ、糸を切られて地獄へ堕ちるやら」

岩井がおどけた調子でいって、銚子を取った。

この作品は書き下ろしです。原稿枚数393枚（400字詰め）。

影目付仕置帳《かげめつけしおきちょう》

われら亡者《もうじゃ》に候《そうろう》

鳥羽亮《とばりょう》

平成16年8月5日　初版発行
平成23年5月30日　7版発行

発行人——石原正康
編集人——菊地朱雅子
発行所——株式会社幻冬舎
〒151-0051東京都渋谷区千駄ヶ谷4-9-7
電話　03(5411)6222(営業)
　　　03(5411)6211(編集)
　　　振替00120-8-767643
印刷・製本—図書印刷株式会社
装丁者——高橋雅之

幻冬舎時代小説文庫

ISBN4-344-40555-2　C0193　と-2-8